Inhalt

Impressum und Inhalt

W0171458

Das Ende der Fiktion

Denise Mildes

Der Geruch des Todes, das süßlich-faulige Aroma des Unvermeidlichen, hing im Schlafzimmer. Ihr Atem ging flach, ihre Augenlider flatterten der ewigen Dunkelheit entgegen. Sein Blick streifte den Nachttisch: Ein Fläschchen, gefüllt mit etwas Gräulichem, beschwerte bekritzelte Seiten, daneben lag ihre gesprungene Brille. Er beugte sich herab und hauchte ihren Namen. Beim Klang seiner Stimme erstarrten ihre bebenden Lider.

»Sieh mich an!«, befahl er. Langsam, wie von schweren Ketten gezogen, öffnete sie die Augen. Ihr Atem beschleunigte sich, ebenso wie das Stottern ihres Herzens. Sie erkannte ihn, zweifellos.

»Wo ist es?«, fragte er, aber statt einer Antwort entfuhr ihrer Kehle nur ein rasselndes Röcheln. Er legte ihr die Hand auf die Stirn. Die Wärme ihres Körpers hatte sich beinah davongestohlen, es würde nicht mehr lange dauern. Ihr Blick deutete nach links. Behutsam öffnete er die Schublade und zog das hölzerne Kästchen heraus. Er hob den Deckel und nahm ein ledernes Buch heraus. Vielleicht enthielt dies die lang ersehnte Antwort. Ein letztes Mal schaute er auf die Sterbende. Ihre trüben Augen trafen auf seine. »Es tut mir leid, Mary«, flüsterte er. Sie streckte die welke Hand nach ihm aus und berührte seinen Unterarm. Tonlos bewegten sich ihre Lippen.

»Sorgt Euch nicht, ich finde es.«

Ihre Augen weiteten sich, ihr Herzschlag machte einen Satz, sprang dem Ende entgegen und verstummte.

»Meine Herren, danke für Ihre Aufmerksamkeit!«, schloss Professor Vanderbildt seine Ausführungen und winkte Andreji herbei, der während des Unterrichts in der hintersten Reihe des Vorlesungssaals sein Gesicht hinter einem Buchdeckel vergraben hatte. Jetzt blickte er auf, nickte dem Professor zu und erhob sich. Er schlängelte sich mit angehaltenem Atem durch die Reihen der murmelnden Studenten. Einige von ihnen waren schweißgebadet, andere würgten, grün vor Ekel, mit aufgeblasenen Wangen.

Als der Letzte den Raum verlassen hatte, trat Andreji an den Seziertisch und sah gelangweilt auf die Leiche, deren Brustkorb aufgeklappt, wie ein geplatztes Sandwich, vor ihm lag.

»Räum das weg, Andreji«, befahl der Professor, stopfte einen Stapel Papiere in eine abgewetzte Aktentasche und verschwand.

Andreji griff die Lakenenden, bedeckte den aufgeschlitzten Leichnam, der einen modrig, feuchten Geruch ausströmte und schob den Rollentisch aus dem Saal.

Die Gänge im Universitätsgebäude waren menschenleer und so nahm niemand Notiz davon, wie er den Toten zu einem Bündel verschnürte und in den Schlund des Ofens steckte, der das Gebäude beheizte. Andreji überkam der Hunger, und er trat aufatmend in die kühle Luft Londons.

»Schon wieder kurz vor Morgengrauen. Andreji, was denkst du dir eigentlich dabei?«, schimpfte der Professor, als Andreji das Haus in der Baker Street betrat. »Verzeihung, Professor«, antwortete er knapp und schlurfte in den Flur. Seit einem Jahrzehnt teilte er nun schon die Bleibe mit Professor Vanderbildt, seit dieser ihn – dem Tode nahe – gefunden hatte. Andreji dachte nur ungern an die ersten Jahre zurück. Das, was mit ihm geschehen war, erfüllte ihn noch heute mit Schrecken. Allerdings war dies unbedeutend im Vergleich zu seiner Furcht vor dem Professor selbst. Er war ein widersprüchlicher Mann, der einerseits der alltäglichen Arbeit an der Universität nachging, und andererseits etwas im Verborgenen tat, das Andreji mehr und mehr beunruhigte, obschon er nicht imstande war, zu benennen, weshalb.

Das geschmackvolle Stadtpalais im gediegenen West End schien diesen Widerspruch zu untermauern. Die Möbel waren von einer leichten Staubschicht bedeckt, schwere Brokatvorhänge, die niemals geöffnet wurden, hüllten die holzvertäfelten Räume in dauerhafte Dunkelheit. Einzig der ovale Salon wurde vom Schein des Kaminfeuers erleuchtet.

»Bist du hungrig?«, fragte Vanderbildt und trat in den Salon. Der Professor trug ein mit Spitze besetztes Hemd, die Ärmel hochgekrempelt. Er war beschäftigt. Wie immer.

»Nein!«, antwortete Andreji, folgte dem Professor in den Salon und sank in den Ohrensessel. Leises Wimmern drang aus dem Keller.

»Warte hier, ich war noch nicht fertig!« Eine Sekunde später war der Professor verschwunden. Das Wimmern schwoll an, wurde zu einem verzweifelten Schrei, gefolgt von Stille. Vanderbildt erschien im Türrahmen und leckte sich über die Lippen. Der Geruch war unverkennbar und Andreji verspürte ein brennendes Kitzeln in seiner Kehle. »Sie sollten auswärts speisen, wie ich, Professor!«, sagte er und blickte ins knisternde Feuer.

»Dazu hatte ich keine Zeit. Es gibt zu viel zu tun. Und statt dich die ganze Nacht herumzutreiben, hättest du lieber hier sein sollen, um mir zu helfen!«

Hätte der Professor gewusst, dass genau dies der Grund für Andrejis nächtliche Abwesenheit war, hätte er ihn gewiss schon hinausgeworfen. In einer Stadt, die von zweieinhalb Millionen Menschen bewohnt war, unbemerkt unterzukommen, war ein schwieriges Unterfangen. Und so schwieg Andreji, obwohl er die Arbeit, die der Professor in seinem sogenannten Labor ausführte, verabscheute. Er hasste den Geruch der Leichen; hasste die wummernde Maschine, die feuchte Hitze und öligen Gestank ausspie; hasste das Zischen; hasste die metallenen Rädchen, die etwas antrieben, das er nicht verstand. Er ekelte sich vor dem schleimigen Schmierfett und dem klebrigen Ruß der Kohlen.

»Es ist beinah geschafft, Andreji«, trällerte Vanderbildt und referierte eine halbe Stunde über die technischen Veränderungen, die er vorgenommen hatte. Andreji lauschte seinen Ausführungen gelangweilt. Er konnte es nicht mehr hören. Schon bald würde der Professor eine Apparatur erschaffen haben, die es ihm und seinesgleichen ermöglichte, auch bei Tag durch die Straßen von London zu wandeln. Vanderbildt nannte sie *Shadowbooster*. Damit wollte er eine undurchdringliche Schicht düsterer Wolken über ganz London spannen. Aber Andreji hatte nie verstanden, wozu das gut sein sollte. Er liebte die Nacht und ihre klaren Gerüche, genoss das Schattendasein, mochte die Einsamkeit und Stille der Dunkelheit. Wieso sollte sich ein Vampir am Tag bewegen?

»Es bedeutet Freiheit, Andreji! Wir müssten uns nie wieder verstecken.«

Wie oft hatte er diese Leier schon gehört! Andreji schloss die Augen. Nach einer Stunde schlaflosen Dösens öffnete er sie wieder. Aus dem

Keller drang das Tuckern der verhassten Maschine. Wie viele Leichen würde er heute wieder beseitigen müssen?

Stöhnend erhob er sich und trottete hinunter. In Vanderbildts Labor bot sich ihm das vertraute Bild. In der Mitte des Raumes thronte die Apparatur. Ein riesiger Kessel, der schnaufte wie eine Lokomotive, rotierende Metallräder, die mittels lederner Riemen die Kraft auf einen stampfenden Kolben übertrugen. Das Quietschen und Zischen wummerte in seinen Ohren. Sein empfindliches Gehör hatte Andreji schon als Mensch zu schaffen gemacht, aber seit er ein Vampir geworden war, hatte sich der Effekt vervielfacht. Er legte die Hände auf die Ohren. Die Kellerluken waren mit Decken verdunkelt. Vanderbildt stand, von Kopf bis Fuß in einen Lederanzug gehüllt, mit dem Rücken zu ihm vor einem Metalltisch. Darauf lag eine mit Riemen festgeschnallte junge Frau.

Der Professor blickte auf. Vor den Augen hatte er eine kreisrunde Brille mit schwarzen Gläsern, in denen sich Andrejis verstörter Gesichtsausdruck widerspiegelte. *Wie eine überdimensionale Fliege,* dachte Andreji und unterdrückte ein Lächeln.

»Zieh den Anzug über, wenn du schon hier bist, verflucht noch eins!«, rief Vanderbildt ihm zu. Andreji gehorchte wortlos.

Die Frau auf dem Tisch lag reglos da, die Augen geschlossen, am Hals eine kleine Wunde. Andreji wusste, dass sie nicht tot war. Vanderbildt hatte sie verwandelt, um sein Experiment an ihr durchzuführen. Ekel stieg in ihm auf, als er die Fliegenbrille aufsetzte.

»Wir starten!«, schrie der Professor voller Inbrunst und legte einen eisernen Hebel an der Wand um. Kleine Blitze leuchteten auf und Funken stoben, der Kessel fing an zu Hecheln, der Kolben beschleunigte sein Stampfen. Das Rattern der Verbindungen nahm weiter zu, und aus der oberen Öffnung des Kessels wurde eine schwarzgraue Dampfwolke ausgestoßen, in der es blitzte und zuckte. Die Wolke verdichtete sich, wurde tiefschwarz wie der Ruß, der aus den Textilfabriken im Eastend schwoll. In ihr loderte es, sie blähte sich auf, bis Andreji die Bogendecke nicht mehr sehen konnte. Er wich vor der grauschwarzen Masse zurück, die schließlich den Metalltisch gänzlich einhüllte. Der Geruch von Regen stieg Andreji in die Nase. Etwas huschte durch die brodelnde Wolke, dann traf ihn gleißendes Licht.

Er legte die Hände vor die Augen. Ein schrilles Pfeifen, wie aus einem Teekessel, traf sein ohnehin schon leidendes Gehör, etwas Hartes traf ihn an der Schulter, prallte ab, aber noch ehe er ausmachen konnte, was ihn getroffen hatte, trommelte eine Armada aus Geschossen auf ihn ein. Eine Kesselniete traf das linke Brillenglas, Andreji schrie auf, presste die Augen zu und legte die Hand vors Gesicht. Das Glühen auf seinen Lidern wurde schwächer. Die Maschine schwieg.

»Verflucht!«, brüllte der Professor und verhüllte die Kellerräume eilig. Andreji nahm die Brille ab und schlug Schneisen in den dichten Qualm, der sich allmählich auflöste und den Geruch von verkohltem Fleisch hinterließ. Auf dem Metalltisch lag ein Aschehaufen. Andreji schüttelte den Kopf und schälte sich aus dem Anzug. Vanderbildt hatte indes einen weiteren Hebel umgelegt. Mit lautem Sirren wurde der Qualm abgezogen. Die Luft wurde wieder klarer. Der Professor hetzte zwischen der Apparatur und den Zeichnungen an der Wand hin und her, verpasste dem geborstenen Kessel einen Tritt, der eine tiefe Delle hinterließ und fluchte. Er riss die Schutzbrille herunter und warf sie in die Ecke. »Ich verstehe das nicht!«, schimpfte er, fegte den Aschehaufen vom Tisch und zog einen Bogen Papier aus dem Anzug. Er faltete ihn auseinander, fuhr sich übers Kinn und starrte gebannt darauf.

»Vielleicht sollten Sie das lassen, Professor!«, sagte Andreji. Vanderbildt fletschte die Zähne: »Sag du mir nicht, was ich tun soll!«

Andreji verließ den Keller. Es hatte keinen Sinn, sich jetzt noch in Vanderbildts Nähe aufzuhalten. Den ganzen Tag würde er im Keller hocken, grübeln und fluchen. Insgeheim hoffte Andreji, dass er dann wieder für ein paar Tage verschwinden würde.

Er schnappte sich ein Buch und sank wieder in den Ohrensessel im Salon.

Gegen Mittag, aus dem Keller drang inzwischen metallisches Hämmern, klopfte es. Andreji hastete zur Tür. Er legte die Hände an die Klinke und zog sie schnell wieder zurück. Noch immer passierte ihm so etwas. Andreji stieß einen leisen Fluch aus und verschränkte die Hände hinter dem Rücken: »Wer ist da?« fragte er.

»Ich habe ein Paket für den Professor!«, ertönte eine Stimme mit irischem Akzent.

»Legen Sie es in die Truhe unter dem Fenster. Der Professor wird es sich dann holen«, gab Andreji zurück.

»Ich habe Anweisung, es dem Professor persönlich zu übergeben, Sir!«

»Das ist jetzt unmöglich. Der Professor darf augenblicklich nicht gestört werden!«, die Autorität in Andrejis Stimme verunsicherte den Boten. Sein Herzschlag wurde schneller.

»Wie Sie wünschen, Sir, aber wohl ist mir nicht dabei!«, entgegnete der Bote und hob den Deckel der Truhe.

Mir auch nicht, dachte Andrej, der hinter der Tür mit dem Brennen in seiner Kehle kämpfte. Der Duft des Blutes und der rhythmische Herzschlag des Boten vernebelten seinen Verstand. Die Sehnsucht, die Tür aufzureißen, war nahezu unerträglich. Vielleicht war die Erfindung des Professors doch keine schlechte Idee.

»Ich danke Ihnen«, gab Andreji mit gequälter Stimme zurück. Der Ire grummelte etwas und entfernte sich schweren Schrittes. Das Brennen in seinem Hals ließ nach.

Bei Einbruch der Dämmerung schob er den Vorhang einen Spalt breit beiseite und öffnete das Fenster. Zu früh! Der letzte Fetzen des Tageslichts traf Andrejis Haut, als er nach dem Paket griff. Wütend über seine Unachtsamkeit schlug er das Fenster zu und betrachtete seinen Arm. Ein schwarzbrauner Fleck überzog seine Haut dort, wo das scheidende Sonnenlicht ihn berührt hatte.

»Professor, ein Paket für Sie!«

Einen Wimpernschlag später tauchte Vanderbildt neben ihm auf.

»Gib schon her!«, sagte er und blickte flüchtig über Andrejis Arm. »Da war wohl jemand ungeduldig, nicht wahr?«

Andreji zog den Ärmel seines Hemdes herunter. Schon jetzt konnte er spüren, wie die Verletzung nach Heilung lechzte und sich das leichte Kitzeln in seinem Hals in einen lästigen Juckreiz verwandelte.

Vanderbildt zog ein gefaltetes Stück Papier aus dem Päckchen. Seine Augen flogen über das Geschriebene. Auf einmal erstarrten sie. Der Professor ließ das Päckchen auf den Tisch sinken und schlug die Hand vor den Mund. Das Papier glitt aus seinen Händen und segelte zu Boden. Andreji eilte an seine Seite, aber Vanderbildt stieß ihn weg, schnappte sich das Päckchen und presste es an seine Brust. Sein

Mund formte ein stummes O, dann rupfte er den Karton auseinander und beförderte den weiteren Inhalt zu Tage. Seltsame Dinge: zwei Haarlocken, eine Brille mit gesprungenen Gläsern und ein hölzernes Kästchen. Vanderbildt wurde zur Statue.

»Was ist los, Professor?«, fragte Andreji. Vanderbildt hob den Deckel des Kästchens und zog ein ledernes Buch heraus, bei dessen Anblick er aufstöhnte. Keuchend sank er in den Sessel und starrte leblos ins Feuer.

»Sie ist tot!«, murmelte er, seine Stimme kalt wie splitterndes Glas.

»Wer, Professor?«

Vanderbildt hob knurrend die Oberlippe, sprang aus dem Sessel, steckte das Büchlein in die Hosentasche und hastete in den Keller.

»Es ist Zeit!«, rief er ihm zu.

Andreji stürmte dem Professor hinterher: »Was ist denn geschehen?«

Der Professor reagierte nicht, sondern stob wie ein Schatten durch sein Labor. Er riss die Zeichnungen von der Wand, zerrte zusammengerollte Bögen aus der Schublade und belud damit seine Aktentasche.

»Professor!« Wieder keine Reaktion.

»Professor Vanderbildt!«, schrie Andreji so laut, dass das Gemäuer erzitterte. Endlich hielt der Professor inne. Eine Mischung aus Zorn und Furcht lag in seinem unruhigen Blick.

»Was ist los?«

»Wir müssen hier weg, Andreji!«

»Weg? Wieso?«

»Er wird herkommen. Er weiß, dass ich es habe.«

»Wer? Was haben Sie?«

Der Professor blickte sich hektisch um: »Pack ein paar Sachen zusammen. Mach schnell. Ich weiß, wo wir hingehen.«

»Aber Professor ...«

Vanderbildt unterbrach ihn: »Tu was ich dir sage, wenn du nicht sterben willst.«

Was redete er da nur? Die einzige Bedrohung von der Andreji wusste, war die Sonne, und die war vor wenigen Minuten untergegangen.

»Sterben, Professor?«

»Mach endlich!«, fauchte Vanderbildt und setzte sein Treiben fort. In Andreji breitete sich Unbehagen aus, ihm fielen tausend Fragen ein, aber statt auch nur eine zu stellen, stürmte er nach oben. Als er den Salon durchquerte, fiel sein Blick auf das Papier, das der Professor hatte fallen lassen. Es war ein Zeitungsartikel der gestrigen Ausgabe vom 1. Februar 1851: *Mary Shelley in ihrem Haus gestorben*, lautete die Schlagzeile. Geistesgegenwärtig hob er den Artikel auf und stopfte ihn in seine Weste. Noch mehr Fragen.

Vanderbildt kam schwer beladen aus dem Keller zurück. Über seinem Arm hingen die Lederanzüge, die ihnen einen gewissen Schutz vor Sonnenlicht boten. Andreji fröstelte als er verstand: Sie würden auch bei Tag reisen. Noch nie hatten sie die Anzüge außerhalb des Kellers benutzt, und Andreji fragte sich, ob sie robust genug waren, das volle Tagelicht abzuhalten. Der Zorn war aus dem Gesicht des Professors gewichen. Nackte Furcht sprühte aus seinen Augen. Sie hatten keine andere Wahl. Nur, warum?

»Verraten Sie mir, was das Ganze soll? Und was hat es mit dem Tod von Mary Shelley zu tun?« Vanderbildts Augen funkelten wie glänzendes Metall: »Ich habe die Pläne von Viktor Frankenstein!« Er hielt die Aktentasche in die Höhe.

»Aber Professor, Frankenstein ... ist eine ... Romanfigur!«, stotterte Andreji. Der Alte musste den Verstand verloren haben. Vanderbildt schüttelte energisch den Kopf: »Du weißt gar nichts, Kleiner.«

Sie verließen London. Bei Morgengrauen erreichten sie eine verlassene Scheune, in der sie sich bis zur Dämmerung verbargen. Offenbar vertraute Vanderbildt den Lederanzügen ebenso wenig wie Andreji. »Wir müssen nach Schottland, zu den Orkneys«, war der einzige Satz, den der Professor pausenlos wiederholte, wie eine Beschwörungsformel. Andreji wusste aus dem Buch, dass Frankenstein dort ein Labor betrieben hatte, aber er weigerte sich zu glauben, dass es tatsächlich existierte.

Am elften Februar erreichten sie die Küste und stahlen ein Boot, dessen einsamer Besitzer ihre einzige Nahrung gewesen war. Während der Überfahrt überkam Andreji eine seltsame Übelkeit. Es war seine erste Seefahrt.

Ein neuer Tag kämpfte sich am Horizont durch die Wolken, als sie endlich das winzige Eiland erreichten. Andreji bot sich ein seltsamer Anblick. Durch einen Hügel vor den Augen Seereisender verborgen, befand sich dort ein solider Backsteinbau. Andreji schluckte schwer. Das konnte nicht sein.

»Hier sind wir nicht sicher!«, gab Andreji zu bedenken. Die Fenster des Gebäudes waren geborsten und durch das löchrige Dach fiel das Tageslicht in dicken Säulen. Der Professor wich den Strahlen geschickt aus, Andreji folgte seinen Schritten. Am Ende des langgezogenen Baus kniete Vanderbildt nieder und tastete den Boden ab. Seine Finger fanden einen Metallriegel, er zog eine Klappe hoch. Eine schmale Treppe wand sich in die Tiefe.

Krachend zog Andreji die Luke zu, dann stiegen sie schweigend hinab. Das Unbehagen, das Andreji seit jeher dem Professor gegenüber empfand, nahm zu.

Sie traten in einen kastenförmigen Raum, den Andreji selbst in der Finsternis als Labor erkannte. Es war beinah ein Abbild des Labors aus dem Hause Vanderbildt. Zielsicher steuerte der Professor seine Schritte, entzündete einige Petroleumlampen und hievte seine Tasche auf einen von Rost zerfressenen Metalltisch. Als Andreji die schwarzbraunen Flecke genauer betrachtete, zuckte er zusammen. Was er für Rostflecke gehalten hatte, war getrocknetes Blut.

»Was ist das hier?«

»Meine Lebensversicherung, du Dummkopf!«, raunte der Professor, schleppte ein Bündel Kohlen heran und stopfte es in den Kessel.

»Professor! Würden Sie mir endlich erklären, was hier vor sich geht?«

Vanderbildt entzündete das Feuer, schloss das Maul des Kessels und zog die Papiere aus seiner Tasche. Er breitete sie auf dem blutigen Tisch aus und holte das braune Büchlein hervor. »Dieser Frankenstein war ein solcher Narr«, grummelte er, während er die Seiten durchblätterte.

»Ich wiederhole mich ja nur ungern, Professor, aber Viktor Frankenstein ist eine Romanfigur!«

Der Professor winkte ab.

»Alle, die das glauben, sind ebensolche Narren. Er war sehr real, auch wenn sein Name keineswegs Viktor war. Sein Monster existierte tatsächlich.«

»Sie behaupten, dass es dieses Ding wirklich gibt?«

Vanderbildt legte das Buch hin und stützte sich auf den Tisch. Er schnaufte, hob den Kopf und warf Andreji einen verächtlichen Blick zu: »Gab! Andreji. Ich dachte, du hättest das Buch gelesen.«

»Aber ...?«

Vanderbildt hob die Faust und streckte sie ihm entgegen: »Die Geschichte spiegelt – weiß Gott – nicht die ganze Wahrheit wider, nur eines ist gewiss: Sein Monster war keineswegs die Ausgeburt einer fantasievollen Schreibfeder. Mary wusste das. Und was tat er? Schenkte ihr die Pläne! Wie er sagte, als ewige Mahnung, so etwas nie wieder zu tun! Dieser Taugenichts!« Vanderbildt machte eine Pause, klappte das Büchlein zu und warf es in hohem Bogen davon. Eine Zornesfalte bildete sich auf seiner Stirn: »Er hätte wissen müssen, dass es ein Bewusstsein haben würde. Es war viel zu menschlich.«

Der Professor sah Andreji eindringlich an: »Er konnte es nicht steuern, und genau das war der Fehler. Wenn man etwas erschafft, dann muss man auch wissen, wie man es kontrolliert, verstehst du?«

»Ich verstehe kein Wort. Sie sagten, Sie hätten ...?«

»Ich stahl die Pläne, Dummkopf.«

»Aber, was haben Sie vor? Wenn das, was Sie sagen, wahr sein sollte, weshalb ...?«

»Ich werde die Welt verändern. Menschen sind zu dumm, um etwas Vollkommenes zu erschaffen. Aber ich nicht.«

»Der *Shadowbooster*?«

»Pah. Das ist nur der erste Schritt.« Vanderbildt erhob sich und formte mit den Händen eine Kugel: »Stell dir eine Welt im Schatten vor. Wir wandeln bei Tag. Keine Sonne mehr, die uns zwingt, uns zu verbergen. Dann übernehmen wir die Herrschaft, bewacht von einer Armee, die niemals widersprechen und niemals fehl handeln oder versagen wird.« Vanderbildt blickte träumerisch, seine Augen glühten.

»Wovon zum Teufel sprechen Sie?«

»Von Maschinen, Andreji. Maschinen, keine halbmenschlichen Monster, die Probleme machen.«

»Aber ...«

»Du begreifst es noch nicht. Das macht nichts, du wirst verstehen, wenn wir die Menschheit auf ihren angemessenen Platz befördert

haben. Wir sind die Spitze der Nahrungskette, und deshalb sollten wir auch die Welt regieren.«

Andreji starrte den Professor mit aufgerissenen Augen an. Er hatte schon immer gewusst, dass Vanderbildt ein Verrückter war, aber das, was er da hörte, überstieg selbst seine Vorstellungskraft von Wahnsinn.

»Meine Soldaten sind so konstruiert, dass nicht einmal unseresgleichen mir gefährlich werden kann«, brummte er. Sein Blick bohrte sich in Andrejis Augen.

Der Professor machte abrupt kehrt: »Und jetzt tätest du gut daran, mir zu helfen.«

»Was haben Sie getan?«, entfuhr es ihm, doch Vanderbildt reagierte nicht, sondern machte sich an etwas zu schaffen, das unter einem weißen Laken verborgen war. Erst jetzt fiel Andreji auf, wie sauber der Raum, abgesehen von dem blutverschmierten Tisch, war. Vanderbildt war nicht zum ersten Mal hier. Andrejis Gedanken überschlugen sich. Hier musste der Professor gewesen sein, wenn er wochenlang unter dem Vorwand technischer Forschungen London verlassen hatte. Nur ein Detail der schrecklichen Wahrheit gab es noch zu enthüllen. Andreji räusperte sich: »Wer ist hinter Ihnen her?«

Vanderbildt machte eine wegwerfende Handbewegung. »Erinnerst du dich an Tillet Brown?«

Andreji nickte. Er hatte den hochgewachsenen Vampir mit der Löwenmähne nicht vergessen. Vor einigen Jahren hatte er den Professor aufgesucht und so heftig mit ihm gestritten, dass Andreji es in jener Nacht vorgezogen hatte, zu verschwinden. Weshalb sie gestritten hatten, hatte er nie gefragt.

»Dieser Verräter! Er ahnte, dass ich die Pläne hatte, aber nachdem ich ihm gedroht hatte, seine teure Freundin Mary zu beseitigen, hat er mich in Ruhe gelassen. Menschen und Vampire können nicht befreundet sein! Dieser Taugenichts.« Er eilte zu der Ecke, in der das Buch lag, schnappte es sich und hielt es in die Höhe. »Das ist ihr verdammtes Tagebuch. Er will mir mitteilen, dass ich ihn nun nicht mehr erpressen kann. Deshalb muss jetzt alles schnell gehen.«

Andreji verstand kein Wort: »Was muss schnell gehen?«, fragte er. Vanderbildt schlug sich das Buch gegen die Stirn: »Herrje, du bist ein solcher Dummkopf.« Vanderbildt warf das Büchlein wieder fort.

»Wenn ich fertig bin, dann wird es nicht mehr nötig sein, unsere Existenz zu verheimlichen. Die Menschen werden vor uns kriechen.« Dann wandte sich Vanderbildt um und riss das Laken herunter: »Dieser Hundesohn kommt zu spät«, knurrte Vanderbildt und baute sich vor dem, was bis eben noch verborgen war, auf. Es war ein Mädchen. Sie war nackt, goldene Locken fielen über ihre schmalen Schultern. Ihre elfenbeinfarbene Haut hatte einen eigenartigen wächsernen Glanz. Was hatte der Professor dieser armen unschuldigen Kreatur nur angetan? Ihre Arme hingen schlaff herab, und an den Innenseiten ihrer Schenkel befanden sich eigenartige Nähte. Der Professor trat an das Mädchen heran und drückte mit dem Daumen auf ihren nach außen gewölbten Bauchnabel. Zischend klappte der Brustkorb des Mädchens auf. Andreji schlug sich die Hand auf den Mund, um einen Aufschrei zu unterdrücken. Der Professor wandte sich von der Kreatur ab und wühlte in einer Werkzeugkiste. Dies gab Andreji für einen Moment die Gelegenheit, das Mädchen zu betrachten. Unter ihrer Haut hatte sie nichts Menschliches. Polierte Messingröhren bildeten ihre Rippen, darunter lag ein komplexes Gebilde aus Zahnrädern, Riemen und Schrauben. Es erinnerte ihn an ein Uhrwerk. Nur um ein Vielfaches größer und komplizierter.

Vanderbildt kehrte zurück und verdeckte mit seinem Rücken das grauenhafte Geheimnis des Maschinenmädchens. Andreji stand da wie eine Säule. Was hatte dieser Wahnsinnige nur getan? War die tragische Handlung des Romans für ihn keine Lehre gewesen? Vanderbildt fuhrwerkte in der Brust des Mädchens herum. »Silberbeschichtung unter der Haut, das hält selbst einen von uns auf«, erklärte Vanderbildt ohne sich umzudrehen.

»Komm schon Andreji, hilf mir«, raunte er. Das Klappern von Metall stach in seinen Ohren. Schon immer hatte er diese leblosen, toten und gleichzeitig brutalen Geräusche verabscheut, jetzt flößten sie ihm Furcht ein. Sein stummes Herz schien sich zusammenzuziehen, sein Magen ballte sich zu einem Klumpen. »Professor, ich ... kann nicht«, er wich einen Schritt zurück. Klirrend ging der Schraubendreher zu Boden, der Professor wandte sich um. Seine Augen sprühten Funken, er hatte die Zähne gefletscht und seine Reißzähne ausgefahren. Einzelne Haarsträhnen hatten sich gelöst und hingen ihm lose ins

Gesicht. Das Abbild eines Geistesgestörten. »Schweig, du verdammter Nichtsnutz. Ohne mich hättest du dich schon in einen Haufen Asche verwandelt. Und jetzt wirst du mir helfen!«

»Ich kann das nicht tun!«, beharrte Andreji mit brüchiger Stimme.

»Willst du nicht frei sein?«, grollte Vanderbildt.

Andreji schwieg.

»Ich löse die Ketten des Sonnenlichts. Meine Armee wird dich vor unseresgleichen beschützen. Nie wieder wirst du dich in Kellern und Häuserecken herumdrücken müssen. Ich mache einen freien Vampir aus dir.« Vanderbildt hob triumphierend die Arme.

»Ihnen geht es doch gar nicht um Freiheit. Sie wollen nicht nur die Menschheit unterdrücken, sondern uns alle.« Alle, hallte es in Andrejis Kopf nach. Auf einmal fühlte er sich verbunden mit jenen Wesen, die er seit seiner Verwandlung nur noch als Nahrung betrachtet hatte.

Vanderbildt trat an ihn heran und verpasste ihm eine schallende Ohrfeige. »Bedauerlich, dass du das so siehst. Aber so sei es denn«, zischte er durch die zusammengepressten Lippen, wandte sich um, schlug die Brust des Metallmädchens zu und presste seinen Finger auf ihren Bauchnabel. Ein Rasseln ertönte, das Schnaufen von Kolben mischte sich mit dem Klackern von ineinandergreifenden Zahnrädern. Dann öffnete es die Augen. Weiße, geleeartige Augäpfel ohne Iris, mit einem stechenden schwarzen Punkt in der Mitte. Sie fixierten Andreji.

»Töte ihn!«, befahl Vanderbildt. Das Maschinenmädchen machte einen ersten Schritt, in dem so viel Kraft lag, dass er einen tiefen Abdruck im steinernen Untergrund hinterließ. Ein zweiter folgte stampfend. Es streckte die Arme nach ihm aus. Andreji stand da, wie festgewachsen. Seine Furcht war durchtränkt von neugierigem Staunen. Wie hatte Vanderbildt es geschafft, so etwas zu erschaffen?

»So viel Mensch wie nötig, so technisch wie möglich!«, beantwortete er Andrejis stumme Frage. Es stimmte: Ein Teil war menschlich. Die konservierte Haut, deren Geruch von Formaldehyd ihm erst jetzt bewusst wurde, die Augen, die Haare, selbst die Lippen. Nur das metallische Krächzen aus ihrem Inneren verriet sie. *Es*, verbesserte Andreji in Gedanken.

»Töte ihn!«, befahl Vanderbildt abermals. Die Worte lösten endlich Andrejis Starre und er stürmte zur Treppe. Er sprang die Stufen empor, doch als er die Finger an die Metallklappe legte, hielt er inne. Schon wieder hatte er es vergessen. Draußen war Tag. Er saß in der Falle. Das Stampfen des Maschinenmädchens kam näher. Andreji spürte, wie die Verzweiflung von ihm Besitz ergriff. Würde er gehen, wäre dies sein Tod. Stiege er wieder hinab, würde er ebenso sterben. Er kauerte sich auf dem Treppenabsatz zusammen und presste die Hände an die Schläfen. Wenn er ohnehin sterben würde, so musste er wenigstens den Versuch wagen, den durchgedrehten Professor aufzuhalten. Er kam auf die Beine, stieß einen gellenden Schrei aus und stürzte die Treppe hinunter. Er landete direkt in den ausgebreiteten Armen des Maschinenmädchens. Sie umschlossen ihn wie ein Schraubstock. In der Brust des Mädchens ging krachend etwas zu Bruch. Andreji wand sich, bekam einen Arm frei und grub seine Nägel in ihren Rücken. »Aaaaarrgggghhhh«, sein markerschütternder Schrei hallte von den Wänden wider. Seine Finger brannten, als hätte er sie in Säure getaucht. Das Silber. Die Kreatur presste ihn weiter zusammen, sein Rückgrat knirschte. Im Hintergrund lachte der Professor halb wahnsinnig. »Es funktioniert, es funktioniert«, rief er aus und klatschte in die Hände. Andreji stemmte sich mit letzter Kraft gegen die Maschine, er bekam den anderen Arm frei und schlug dem Ding die Faust ins Gesicht. Es strauchelte, aber der Griff ließ nicht nach. Einzig eine Delle unter dem rechten Auge zeugte von seinem Schlag.

Ihm fiel der Bauchnabel wieder ein, er tastete mit der Hand bis er die kugelige Wölbung erreichte. Er drückte mit aller Kraft hinein, aber der Griff wurde nicht lockerer, im Gegenteil. Panik ergriff Andreji und er strampelte und wand sich. Aber je mehr er sich wehrte, umso fester schlossen sich die Arme des Mädchens um seinen Leib. Ein reißendes Knirschen, gefolgt von einem stechenden Schmerz durchfuhr seinen Rücken. Seine steinharte Haut bekam Risse.

Ein Brennen auf seinem Hinterkopf ließ ihn abermals aufheulen. Das unsichtbare Feuer kroch seinen Nacken hinab und versengte seine Schultern. Krachend prallte etwas Hartes gegen seinen Rücken. Die Wucht des Aufpralls brachte das Maschinenmädchen aus dem Gleichgewicht, es kippte nach hinten. Sie polterten die Treppe hinab, der Griff des Mädchens löste sich. Andreji war frei. Er keuchte. Sein gesamter Körper schmerzte.

Über der Maschine baute sich eine Gestalt auf und knurrte, wie es nur ein Vampir konnte. Er war komplett in Leder gehüllt und packte den Kopf der Kreatur. Vanderbildt raste ihm entgegen, aber noch ehe er auf ihn prallte, erschien ein glänzendes Metallstück und schnellte auf den Professor zu. Fassungslos starrte Vanderbildt auf den schimmernden Gegenstand, der aus seiner Brust ragte, seine Fingerspitzen berührten den Pflock und verwandelten sich in schmelzendes Gestein. Aus seinem Leib lief schwarzes Blut: »Tillet, du Bastard«, grunzte Vanderbildt. Ein Schwall von dunklem Blut floss aus seinem Mund. Er sackte zusammen und zerfloss zu einer zähen Masse. Tillet Brown wandte sich der strampelnden Kreatur zu und riss ihr die Brust auf. Dann schlug er mit der Faust hinein. Die Maschine verstummte. Brown hastete zur Deckenluke, verschloss sie, nahm die Brille mit den schwarzen runden Gläsern ab und zog die Kapuze herunter. Seine Löwenmähne fiel auf seine Schultern.

»Geht es Ihnen gut?«, fragte er, streifte die dicken Handschuhe ab und reichte ihm die Hand. »Ich denke ja«, antwortete Andreji. Brown half ihm auf die Beine.

»Woher wussten Sie, wie Sie uns finden?«, stotterte Andreji und betrachtete seine verletzten Finger. Sie sahen aus wie verkohlte Knochen.

»Ich hätte ihn schon früher beseitigen sollen«, erwiderte Brown und wich seinem Blick aus.

»Er ist verrückt geworden!«, Andreji atmete tief durch und stützte sich auf den Metalltisch.

»Sobald es dunkel ist, verschwinden wir. Ist noch Petroleum da?« Andreji nickte. »Gut, es wird Zeit, das ein für alle Mal zu beenden.«

Tillet Brown und Andreji standen am Ufer und starrten auf das brennende Gebäude. Eine Wand ergab sich dem lodernden Feuer und stürzte in sich zusammen. Funken flogen.

»Woher kannten Sie Vanderbildt?«

»Wir arbeiteten eine Weile zusammen an der Universität in Genf. Ich war Professor für Anatomie, er für Medizin. Das war aber bevor ich ...«

»Bevor Sie was?«

»Bevor ich ein Vampir wurde.«

»Sie kannten Vanderbildt als Mensch?«

»Ich war ein Mensch. Ich hätte es bleiben und sterben sollen. Ich glaubte damals, meine Verwandlung sei zweckdienlich, um dieses *Ding* vernichten zu können.«

»Welches Ding ...?«, Andreji befiel wieder ein seltsames Unbehagen.

»Ich dachte, meine Arbeit sei eine Lehre für Vanderbildt gewesen, aber stattdessen hat er ...« Brown rieb sich die Stirn.

»Moment Mr. Brown, wollen Sie damit sagen, Sie sind Vik...?«, Andrejis Stimme versagte.

Der löwenmähnige Vampir schwieg und starrte in die Flammen.

»Aber Sie sind gestorben.«

Tillet Brown lachte bitter auf: »Mary hat die Geschichte so geschlossen, wie sie hätte enden sollen. Aber glauben Sie lieber nicht alles, was Sie lesen, junger Freund.«

Monsieur Foucault & das Wesen des Lichts

Sabine Frambach

Nabot hockte auf dem Holzfußboden, spielte an seinen hornigen Zehen und wartete. Monsieur Foucault war vertieft. Er murmelte, während er eine Skizze zeichnete. Immer wieder verrückte er die Kerze, um das Papier besser zu beleuchten. Seit Stunden hatte Nabot keinen Auftrag mehr bekommen. Er gähnte, wischte sich über die gelblichen Augen und reckte die Arme. Wieder betrachtete er seine Zehen, doch solange er auch starrte, sie wurden nicht interessanter. Nabot seufzte. Und auch Monsieur Foucault atmete einen Stoß verbrauchter Luft aus, zerknüllte das Papier und warf es auf den Boden.

»Was tut Ihr, Monsieur?«

Nabot schaute auf das zerknüllte Blatt. Monsieur Foucault drehte sich zu ihm und lächelte. »Ich suche das Wesen des Lichts!«

Nabot kratzte sich hinter den winzigen Hörnern. »Wesen des Lichts? Meint Ihr Engel, Meister?« Sein Gegenüber lachte.

»Nein, Nabot. Ich bin Physiker, das weißt du doch. Ich suche keine Engel. Ich möchte herausfinden, ob Licht aus Wellen oder aus Partikeln besteht.« Dies erstaunte den Dämon; er kannte nur Engel, Wesen des Lichts. Wellen und Partikel sagten ihm nichts.

Ein einziges Mal in seinem Leben hatte er einen Engel erblickt; einer der Dämonen hatte ihn gefangen. Das lichte Wesen glomm in einem strahlenden Weiß. Ketten aus Wolfram hatten den gefangenen Engel gebunden und ihm die Flügel abgeschnürt. Nabot hatte gesehen, wie sie ihn in einen Käfig sperrten, verhöhnten, mit Kohle bewarfen. Als die Dämonen die Lust verloren hatten, hatten sie das Wesen in eine Grube voller Teer gestoßen. Nabot hatte hinuntergeschaut. Der Teer hatte an den strahlenden Flügeln gehangen, die weiße Haut überzogen und die Augen des Engels verklebt. Doch unter dem Schmutz hatte stetig sein reines Weiß geglommen, und der Engel hatte nicht ein einziges Mal geschrien.

Nabot überlegte, ob er Monsieur Foucault bei seiner Suche helfen konnte. Licht hing in der Luft, es musste möglich sein, Wellen und Partikel zu sehen. Der Dämon hob seine Hand, hielt sie an die Stirn und kniff die Augen zu. Nur einen Spalt öffnete er sie und starrte auf das Licht. Doch er konnte keine Wellen sehen und auch keine Partikel. Seltsam, Monsieur Foucault beschäftigte sich wieder mit Dingen, die unsichtbar waren!

Nabot gähnte noch einmal, doch nichts geschah. So vertieft war der Physiker, dass er kaum aufblickte. Nichts konnte ihn aus seiner Ruhe bringen. Selbst als Nabot in diesem Zimmer gelandet war, hatte der Physiker nur kurz aufgesehen.

»Wer bist du?«, hatte Monsieur Foucault gefragt. Und Nabot hatte seine dürren Arme in die Höhe gereckt und gerufen: »Ich bin ein Dämon, geboren aus dem Chaos! Die Höllenmaschine hat mich ausgespuckt, um Verwirrung zu stiften auf dieser Erde!« Monsieur Foucault hatte ihn angeschaut, die Stirn gerunzelt und mit einem Stift gegen seine Stirn getippt. »Die Höllenmaschine? Das klingt interessant! Erkläre mir, wie sie funktioniert! Ich muss es aufzeichnen!«

Nabot hatte diese Reaktion verwirrt. Er war ohnehin ein junger Dämon; dies war sein erster Besuch auf der Erde. Der Auftrag war, bei Ankunft die Umgebung in Chaos zu stürzen, die Menschen zu ängstigen und in den Wahnsinn zu treiben. Monsieur Foucault war davon weit entfernt. Er sah nicht verwirrt aus und zeigte keine Angst. Statt zu weinen, Gott anzuflehen oder um Hilfe zu schreien, wollte er alles über die Höllenmaschine wissen. Er hatte einen Stift gezückt und gelächelt. Noch nie hatte jemand Nabot angelächelt! Da Nabot ohnehin keine Verwirrung stiften konnte, hatte der Dämon die Maschine beschrieben.

»Sie wird direkt mit dem höllischen Feuer betrieben. Es ist heiß, sehr heiß. Darüber brodelt in einem Kessel das Wasser. Wenn es dampft, steigt es über drei Rohre in drei verschiedene Kästen. Darin sind Kugeln, die der Dampf aufwirbelt. Manchmal fällt eine der Kugeln beim Umherwirbeln durch das kleine Loch. Wenn aus jedem Kasten eine Kugel gefallen ist, ist es soweit! Auf der ersten Kugel steht die Nummer eines Dämons, auf der Zweiten die Koordinaten des Ziels, auf der Dritten die Zeit. So packte mich der große Zerstörer in eine

Zeitkapsel, spannte die Feder, justierte die Richtung und schoss mich geradewegs hierhin. Meine Nummer ist die 587320-5, die zweite Kugel zeigte 48° 52′ N, 2° 20′ E, die dritte das Jahr 1851. Und da bin ich, um Chaos zu verbreiten und Verwirrung zu stiften!«

Monsieur Foucault hatte genickt und sich sodann wieder seinen Notizen zugewendet. Mit raschen Strichen hatte er die Höllenmaschine gezeichnet, hatte verbessert, durchgestrichen, neu gezeichnet. Als er zufrieden war, hatte er auf den kleinen Dämon geblickt und gelächelt.

»Diese Maschine ist sehr interessant, und ich danke dir dafür! Die Hölle hat dich ausgespuckt. Mir ist es gleich, woher du kommst. Wichtig ist allein, was du tust! Bei mir ist es ähnlich: Einen Abschluss habe ich nicht. Aber ich bastele gerne und beschäftige mich mit den Dingen dieser Welt. So fühle dich bei mir zu Hause. Wir werden sehen, was geschieht.«

Seitdem hockte Nabot die meiste Zeit in einer Ecke. Er hatte wirklich versucht, Chaos zu verbreiten, doch in dem Zimmer war es auch ohne dämonische Kräfte unordentlich. Da standen Tiegel, optische Geräte und Kerzenstummel neben brüchigen Manuskripten. Verschiedene Figuren zierten ein Regal; manche von ihnen konnte man mit einem Schlüssel aufziehen. Dann drehte sich die Tänzerin, die Kutsche fuhr los und der Hase schlug auf die Pauke. Eine Weltkugel lag in der Ecke; zerknülltes Papier bedeckte den staubigen Boden. Manchmal zog Monsieur Foucault ein kreisrundes Gefährt auf; es sauste sodann über die Erde, surrte und fraß den flockigen Staub auf. Doch sobald es an ein Hindernis stieß, blieb der Stauber hängen. Und Hindernisse gab es in diesen Räumen überall.

Nabot hatte keine Idee, wie er in diesem Durcheinander Chaos stiften konnte. Versuchsweise trat er gegen einige der Papiere, die raschelten und sich wieder zu Boden senkten. Er war ein Dämon ohne Erfahrung, und dieser Besuch auf der Erde lief bisher nicht wie geplant. In der Nacht hatte er in fremden Zungen gesprochen, um Monsieur Foucault zu verwirren, doch dieser kannte selber viele Sprachen. Er hatte Nabot sowohl auf Latein als auch auf Altgriechisch geantwortet. Nabot hatte Feuer entzündet, die Monsieur Foucault praktisch fand. Er wärmte sich daran die Finger. Mit einem Stück Kreide zeichnete Nabot furcht-erregende Grimassen, Symbole der Furcht und der Zerstörung auf den Fußboden. Doch Monsieur Foucault fand diese Zeichen nicht beängstigend, sondern interessant und zeichnete sie ab. Nabot fehlte es an weiteren Ideen.

So hockte er fest auf dieser Erde; ohne ein wenig Chaos verbreitet zu haben, sollte er nicht in die Hölle zurückkehren. Seine Zeitkapsel stand da und wartete. Sie war bereits für die Rückkehr justiert: 587320-5, 40°15′09.48″N 58°26′21.93″E, 0. Doch Nabot wagte nicht, sie zu nutzen. Die anderen Dämonen hätten ihn ausgelacht! So blieb er, langweilte sich und suchte nach Beschäftigung. In den letzten Tagen war Nabot dazu übergegangen, dem freundlichen Monsieur Foucault zu helfen. Er brachte ihm Utensilien, zündete mit seinem feurigen Atem die Kerzen an und sammelte zerknüllte Blätter ein. Monsieur Foucault lächelte dann immer und bedankte sich. Heute aber war Herr Foucault sehr ruhig. Kein Wunder, wenn er im Licht nach Wellen und Partikeln suchte! Nabot pulte an seinen Zehen, zog an seinem Schwanz und wartete. »Es ist kalt, Monsieur. Soll ich den Kamin anzünden?«

Der Physiker blickte auf. Im Schein der Kerze wirkte sein Gesicht faltig und müde. Er lächelte, doch es wirkte bemüht.

»Ich komme nicht weiter, Nabot«, seufzte er. »Das Wesen des Lichts bleibt mir verborgen. Und auch in meiner anderen Arbeit stecke ich fest. Wir wissen, dass die Erde sich dreht, und können es doch nicht beweisen. Galilei, Kopernikus, Newton, all ihre Forschungen weisen darauf hin. Und doch ist es bisher nicht gelungen, die Bewegung der Erde zu zeigen. Ich muss einen Weg finden; seit Monaten denke ich darüber nach und finde keine Lösung!« Er wischte sich über die Stirn, ließ die Hand dort und stützte seinen Kopf ab. Seine Augen starrten in das Kerzenlicht. »Ich esse kaum, ich schlafe nicht. Es ist kalt, und ich merke es nicht. Es wäre sehr nett von dir, wenn du den Kamin anzünden könntest. Die Wärme wird mir gut tun.«

Nabot sprang auf. Endlich gab es etwas zu tun! Er huschte die Treppe hinab in den Keller, hastete zum Kohlensack, nahm die Schaufel und schippte; der Kohlenstaub hüllte Nabots schwarze Gestalt in schmutziges Grau. Kaum war die Lore gefüllt, hüpfte Nabot hinein. Es war eine lustige Maschine, die Monsieur Foucault gebaut hatte! Er nannte sie Zahnradbahn und sagte, dass ein Herr Drais sie erfunden hatte.

Die Lore stand auf einem Gleis voller Zacken; vier Zahnräder waren seitlich befestigt. Die hinteren Räder liefen mit, der Antrieb befand sich vorne. Nabot entriegelte die Lore und stellte seine hornigen Zehen auf die Pedale. Seine Finger umschlossen den Rand; Monsieur Foucault hatte gesagt, dass er vorsichtig sein sollte. Die Strecke war steil, und er konnte leicht herausfallen. Nabot zog seinen Schwanz mit der Spitze ein, klammerte sich fest, trat in die Pedale und schnaufte. Kleine Rauchwolken stiegen aus seinen Nasenlöchern. Die Pedalen endeten in zwei großen Zahnrädern, die sich drehten und ihrerseits die kleinen Vorderräder in Bewegung setzten.

Es knirschte, knarrte, kleine Funken stoben, doch die Lore fuhr das Gleis entlang. Hinauf ging es, Nabot musste kräftig treten, bis er die Steigung geschafft hatte. Oben angekommen krachte die Lore gegen den Kamin; Nabot sicherte das Gefährt mit einem Haken, sprang heraus und betrachtete die Feuerstelle.

Der Kamin war voller Asche. Er konnte die Kohlen einfach darauf stapeln, doch Monsieur Foucault hatte es gerne ordentlich. Nabot nahm also die Schaufel und schippte die Asche in einen Eimer aus Blech. Es staubte; der Dämon rieb sich die gelblichen Augen, klopfte seine Hände ab und öffnete an der Lore eine Klappe. Die Kohlen polterten heraus; Nabot musste sie nur noch in den Kamin stapeln. Die letzten Kohlestücke sammelte er mit den Händen ein. Nun konnte er den Ascheeimer in die Lore stellen. Bevor Nabot die Asche in den Keller fuhr, wollte er das Feuer machen. Er kannte sich gut aus mit Feuer! In die Kohle legte er einige der zerknüllten Papiere, auf denen Monsieur Foucault gezeichnet oder geschrieben hatte. Diese sollten schneller brennen und sodann die Kohle entzünden. Als Nabot zufrieden war, beugte er sich vor und hauchte hinein. Züngelnde Flammen stiegen aus seinem Mund, blitzten auf und ergriffen das Papier. Sie loderten, knisterten, fraßen sich durch die Zeichnungen. Endlich glommen auch die Kohlestücke. Nabot hüpfte auf einen Blasebalg, der schnaufend einen Stoß Luft in das Feuer blies. Da freuten sich die Flammen, knisterten, pulsierten und zischten. Bald sollte es warm werden!

Zufrieden stieg Nabot wieder auf die Lore. Die Asche war leicht, sodass er nicht schwer treten musste. Zudem ging es bergab. Er trat in die Pedale, immer schneller, die Lore ruckelte, quiekte, schlitterte die Gleise entlang. Nabot riss die Arme hoch und jauchzte; unter ihm wackelten die Gleise. Ein Zahnrad löste sich und polterte auf die Erde. Die Lore kippte! Nabot griff an die Seite, klammerte sich fest, rutschte ab. Schon stäubte die Asche auf und rieselte auf den Kellerboden. Nabot hielt sich mit einer Hand an der Lore fest.

So hing er zwischen den Gleisen und dem Boden, schwankte und riss die gelben Augen auf. Überall lag Asche! An der Treppe erschien Monsieur Foucaults Gesicht; rasch trat dieser näher und betrachtete den baumelnden Dämon. Er schaute auf die am Boden liegende Asche. Blickte wieder auf Nabot, der sich an der Lore festklammerte. Er betrachtete den Schwanz des Dämons, der bis zur Erde hing und mit der hornigen Spitze ein Muster in die verstreute Asche zeichnete. Nabot blinzelte; jetzt hatte er wahrlich ein Chaos angerichtet, ohne es zu wollen. Bestimmt war Monsieur Foucault zornig. Dieser verharrte und starrte ihn weiter an. Plötzlich lachte der Physiker, strahlte, griff Nabot und presste ihn an sein Herz.

»Das ist es! Das ist es! Ich kann es beweisen, ich kann zeigen, dass die Erde sich dreht! Nabot, dich schickt der Himmel!« Dem Dämon wurde ein wenig unwohl. Er fühlte Monsieur Foucaults pochendes Herz und seine warmen Hände. Nabots Mitte schmerzte, und seine gelben Augen brannten. Was hatte er getan? Warum freute sich Monsieur Foucault über verstreute Asche? Nabot reckte sich und kratzte mit den Fingern an seinen Hörnern.

»Mich schickt gewiss nicht der Himmel! Ihr wisst doch, die Hölle hat mich ausgespuckt!« Monsieur Foucault nickte, drückte ihn wieder und rief: »Mag sein, mir ist nicht wichtig, woher du kommst! Wichtig ist, was du tust! Du hast mich auf eine Idee gebracht!«

Schon ließ er Nabot fallen, rannte die Treppe hinauf und hockte wieder an seinem Schreibtisch. Nabot rappelte sich auf. Immer noch verwirrt holte er den Stauber und ließ ihn die Asche fressen. Jede Stunde schaute er nach Monsieur Foucault, doch der Physiker brummte nur, schrieb, zeichnete, rechnete, strich durch und schrieb weiter. Er schlief nicht, er aß nicht, er redete nicht. Erst nach vielen Stunden sprang er auf, kramte in seinen Utensilien und fand schließlich ein Gewicht. Er schraubte eine Spitze aus Messing daran. Das Gewicht hängte er an ein zwei Meter langes Stück Draht. Auf dem Boden verschüttete er Sand, stieg auf einen Schemel und ließ das Gewicht bis knapp über den Boden hängen. Das so entstandene Pendel schwang einige Male hin und her, ehe es krachte. Der Draht riss, das Gewicht polterte auf die Erde und Nabot sprang quiekend zur Seite.

Monsieur Foucault fluchte. Doch er gab nicht auf. In den folgenden Tagen bastelte er an der Konstruktion. Nabot hüpfte um ihn herum, holte, was der Physiker brauchte, suchte nach stärkerem Draht, glättete den Sand. Fünf Tage später konnte der Dämon zusehen, wie das riesige Pendel hin- und herschwang. Die Spitze aus Messing zeichnete Striche in den Sand wie der Schwanz des Dämons in die Asche. Nabot wusste nicht, was dies bedeutete. Verwirrt kratzte er sich an den Hörnern. Doch Monsieur Foucault war sehr aufgeregt; er schrieb Nachrichten an andere Wissenschaftler und ließ Nabot mehrere Stunden alleine. Als er zurückkehrte, lächelte er breiter als sonst, setzte sich an seinen Schreibtisch und notierte in schwungvoller Schrift: *Sie sind eingeladen zu sehen, wie die Erde sich dreht!*

Zwei Monate später hockte Nabot im Pantheon in Paris. Er lungerte in einem Vorsprung weit oben über den vielen Schaulustigen. Monsieur Foucault führte heute sein Pendel vor; es war größer und schwerer als das erste Pendel. Oben an der Kuppel befestigt reichte es bis zum Boden in dem Gebäude. Siebenundsechzig Meter lang spannte sich der Draht zwischen dem Himmel der Kuppel und der Erde. Dort unten lag wartend der feuchte Sand. Monsieur Foucault hatte Nabot erklärt, was er nun zeigen konnte; das Pendel hing an einem starren Punkt im Himmel und schwang hin und her. Im Sand hinterließ die Spitze feine Zeichen. Die Erde drehte sich unterhalb des Himmels weiter; so wanderte sichtbar für jeden Beobachter auch der Sand unter der Spitze des Pendels. Die Spuren im Sand zeigten, wie die Erde sich drehte. Monsieur Foucault hatte es geschafft: Er konnte beweisen, dass die Erde sich drehte!

Nabot hockte dort oben und schaute auf das gleichmäßige Schwingen des Pendels. Er war nur ein Dämon, geboren aus dem Chaos, um Verwirrung zu stiften. Die Gleichmäßigkeit der Schwingung aber faszinierte ihn. Angesichts der riesigen Himmelskuppe fühlte Nabot sich klein und nutzlos. Er senkte den Kopf mit den beiden Hörnern. Da bemerkte er es: Auf seinem Arm glänzte ein runder weißer Fleck.

Bestimmt war es Kreide. Nabot spuckte darauf und rieb. Doch der weiße Fleck verschwand nicht, er glänzte und funkelte. Das reine Weiß erinnerte Nabot an etwas. Ja, der Fleck leuchtete wie damals die Haut des Engels! Nabot schaute auf. Das Pendel schwang gleichmäßig hin und her, der Himmel hielt die Kraft, die Erde surrte und drehte sich weiter. Da lächelte Nabot; er hatte Monsieur Foucault geholfen, etwas Großes zu schaffen.

Vielleicht hatte der Physiker Recht: Es kam nicht darauf an, woher der Dämon stammte, sondern was er tat. Wenn er auch nur einen kleinen Teil beigetragen hatte, genügte es, einen weißen Fleck zu erlangen. Nabot konnte bei Monsieur Foucault bleiben und ihm helfen. Er wollte nicht zurück in die Hölle! Vielleicht würde seine Haut mit jedem guten Werk weißer, bis er selber ein lichtes Wesen sein würde. Nabot sah sich selber in reinem Weiß. Mit all seiner Kraft wollte er ein Engel werden! Seine Brust schmerzte, seine gelben Augen brannten in der salzigen Flut. Die Erde drehte sich, der Himmel hielt den Faden in der Hand; unter der Kuppel des Pantheons senkte Nabot den Kopf und faltete voller Ehrfurcht die schwarzen Hände.

Zwei Jahre später konnte Monsieur Foucault das Wesen des Lichts bestimmen: Er bewies, dass die Lichtgeschwindigkeit im Wasser niedriger ist als in der Luft. Das Wesen des Lichts besteht demnach aus Wellen. Inwieweit Monsieur Foucault bei seinen Versuchen von einem Helfer unterstützt wurde, ist nicht bekannt.

Lykonium
Marco Ansing

Wundermittel löst Energieproblem
Ein Artikel von Johann Alexander Krieger, Reporter des Hamburger Hansebotens

London – »Lykonium ist das Mittel der Zukunft. Ein Liter lässt Züge hunderte Kilometer reisen, mit fünf Litern können Schiffe den Atlantik überqueren und denken Sie an die Möglichkeiten für Flugmaschinen!«, berichtete Professor Dr. Gaston Dutreil von der Pariser Universität Sorbonne, Inhaber des Lehrstuhls für Angewandte Physik und Technik, am 7. Mai 1851.

Gewiss, verehrte Leserinnen und Leser, diese Worte schlugen ein wie die sprichwörtliche Bombe. Doch bin ich vom Hanseboten nicht nach London gesandt worden, um Versprechungen mir nichts, dir nichts zu glauben. Stattdessen galt es nachzuhaken. Eine Aufgabe, der ich für Sie, geneigte Leserinnen und Leser in der Heimat, nachging.

»Professor Dutreil, das sind schöne Worte und ich bin sicher, dass die Hälfte der Herrschaften hier im Saal bereits in Gedanken bei Ihnen Kunde ist, doch bevor wir den Dampfantrieb als Vergangenheit betrachten, könnten Sie uns sagen, wie Ihr Wundermittel funktioniert?«

»Lykonium, junger Mann!« Der Professor nickte mir zu und verließ sein Rednerpult. Er schritt über die Bühne und lächelte ins Publikum. Nicht ganz einfach, war doch sein Gesicht von einem dichten Bart bedeckt, der den gleichen Grauton wie sein Haupthaar hatte. Anscheinend müssen sich die Wissenschaftler in Paris keinem schickliche Kodex unterwerfen.

Etwa hundert Personen waren anwesend. Man harrte gespannt der Ausführungen Dutreils. Doch dieser ließ sich Zeit. Nach einer kleinen Ewigkeit räusperte er sich und zog ein Reagenzglas aus der Manteltasche. Die rote Flüssigkeit darin war zähflüssig.

»Lykonium, meine Damen und Herren, wird durch ein einfaches Verfahren hergestellt und ist in der Lage, unwahrscheinliche Hitze zu produzieren. Eine exotherme Reaktion mit einer Kraft, wie wir sie nur von Vulkanen kennen.«

Mit diesen Worten entkorkte er das Glas und träufelte etwas Flüssigkeit auf den Bühnenboden. Augenblicklich schoss eine gewaltige Flamme in die Höhe. Erschrockene Rufe waren zu vernehmen. Und ich konnte bis in die zehnte Reihe die Hitze spüren.

»Lykonium verbindet sich mit Teilen der Luft zu einem hochbrennbaren Gas. In unserer Forschungsgruppe sprechen wir von *molekularer Mutation*. Bitte richten Sie Ihre Blicke auf das vorbereitete Experiment.«

Der Vorhang hinter Dutreil hob sich und eine Maschine kam zum Vorschein. Werte Leserinnen und Leser, als Journalist erkenne ich eine Druckerpresse sofort. Doch dort, wo normalerweise eine Dampfmaschine die Energie für die beweglichen Lettern erzeugt, befanden sich nur ein Kasten mit mehreren Kolben und ein Trichter. Schon goss Dutreil das Lykonium in die Vorrichtung. Augenblicklich begann die Maschine zu rumoren. Gemurmel erhob sich unter den Zuschauern. Dann ungläubiges Staunen, als die Druckerpresse zu arbeiten begann. Die Kolben glühten, arbeiteten aber, als würden winzige Explosionen sie im Innern vorantreiben. Der Lärm der Presse wurde ohrenbetäubend laut, doch kaum zwei Minuten später ebbte er ab. Dutreil zog ein Stück Papier aus dem Gerät und hielt es in die Höhe: *LYKONIUM IST DIE ZUKUNFT!*

Applaus brandete auf. Das Publikum war restlos begeistert. Selbst die so unterkühlten Briten in den ersten Reihen waren aufgestanden und grinsten zufrieden. Und ich muss gestehen, dass auch ich verzückt auf die uns präsentierte neue Zukunft blickte. Würde der Rauch in unseren Städten vollends verschwinden? Würden Reisen zu Schnäppchenpreisen Normalzustand werden? War womöglich die Größe von Maschinen nicht mehr abhängig von den Energiekosten?

Als sich die Menge beruhigt hatte, konnte ich nicht umhin, geneigte Leserinnen und Leser, in Ihrem Namen eine alles entscheidende Frage zu stellen:

»Professor Dutreil, wie wird dieses Lykonium hergestellt?«

Der bärtige Mann lachte schallend:

»Diese Deutschen, immer wollen Sie jedem Wunder auf den Grund gehen. Ich kann Ihnen versichern, dass das Herstellungsverfahren simpel, günstig und sicher ist.«

»Wollen Sie uns wirklich im Dunklen lassen?« Ich wollte mich mit seiner Antwort nicht zufrieden geben.

»Junger Mann, wie wäre es: Ich zeige Ihnen in zwei Stunden exklusiv für Ihre Zeitung und Ihre Leser die Herstellungsweise von Lykonium. Natürlich muss ich darauf bestehen, dass einige Geheimnisse ungelüftet bleiben.«

Sofort wurden Proteste hörbar. Andere Journalisten verlangten dieselbe Exklusivität, wie sie mir offeriert worden war. Natürlich war ich stolz über dieses Angebot. Und so ging es mir blendend als ich den französischen Saal verließ. Drinnen redeten noch immer verschiedene Kollegen auf den Professor ein und sicher würde er auch an sie Termine vergeben. Aber ich war der Erste und konnte demnach auch als Erster von der Herstellung des segensreichen Lykoniums berichten.

Die Maisonne kitzelten mich durch das Glasdach des Crystal Palace in der Nase und ich wand mich dem Strom der Besucher zu. So viele sind gekommen, um die Wunder der Industrialisierung auf der Great Exhibition zu bestaunen. Maschinen stehen neben großen Plakaten mit Produktionsmethoden. Ausrufer berichten von industriellen Gütern und handwerklichen Produkten aller Art. Dazwischen findet man immer wieder Imbissbuden und Kleinhändler mit Bauchläden, die Aufziehspielzeuge und hässliche Kuscheltiere aus grober Wolle verkaufen. Über allem hängt ein Geruch von heißem Maschinenöl, Zuckerwatte und – vergeben Sie mir die drastischen Worte – Menschenschweiß. Welche Wunder werde ich hier noch für Sie, werte Leserinnen und Leser, entdecken?

Ein nationales Anliegen
Ein Artikel von Johann Alexander Krieger, Reporter des Hamburger Hansebotens

London – Die erste Weltausstellung zeigt die Einigkeit der Nationen. Nicht nur Europa ist vertreten, sondern auch abhängige Staaten, wie etwa Indien, Algerien oder Ceylon. Es ist ein buntes Durcheinander, dem man sich kaum entziehen kann. Doch wo Licht ist, ist auch Schatten. Wo Einigkeit herrscht, ist Zwist nicht weit.

Gerade hatte ich ein Interview mit einer für diesen Artikel unbedeutenden Webstuhlfirma beendet, als mich ein kräftiger Mann im grauen Mantel ansprach. Sein Gesicht war unscheinbar – und ich bitte um Verzeihung, werte Leserinnen und Leser, dass ich es nicht weiter zu beschreiben vermag. Mit einer kraftvollen Bewegung schob er mich an den Rand der Halle:

»Johann Alexander Krieger, korrekt?« Seine Stimme war tief und eindringlich. Ich nickte nur. Was ging hier vor? Er zog eine Marke unter dem Sakko hervor.

»Abteilung III. Bitte kommen Sie mit, wir müssen mit Ihnen sprechen.«

Nun, es ist gewiss nicht verwunderlich, dass der Nachrichtendienst der Preußen auf der Great Exhibition war, doch was hatte ich mit diesem zu schaffen? Der Fremde blieb stumm und zog mich durch die Menge zu einer Seitentür. Es war ein Vorführungsraum der Firma Berblinger. Mir wurde ein Stuhl angeboten und ich setzte mich. Eine Bogenlampe flammte auf und mein schweigsames Gegenüber blickte mich eine Weile an. Meine Damen und Herren, es gehört schon etwas mehr dazu, einen Journalisten zu verängstigten, also tat ich, was man in einem solchen Fall tut: Ich starrte zurück.

»Herr Krieger, Sie sollten dem König und Preußen verpflichtet sein.«

»Ich bin in erster Linie meinen Lesern und meinem Redakteur treu. Sollte sich also seine Majestät am Hanseboten delektieren, so ...«

»Hören Sie mit diesem Zeitungsgewäsch auf. Sie scheinen nicht zu wissen, was gespielt wird?«, unterbrach mich der Agent barsch.

Ich schüttelte unwissend den Kopf und harrte der Erleuchtung. Diese ließ nicht lange auf sich warten. Herr Nichtssagend half mir auf die Sprünge:

»Lykonium! Sie dürfen exklusiv davon berichten. Sie würden Preußen einen großen Gefallen tun, wenn Sie sich ein wenig über die Produktion des Wundermittels informieren und etwas davon zur Seite schaffen könnten.«

»Mit anderen Worten, Sie wollen, dass ich für den Nachrichtendienst schnüffeln und stehlen gehe?«

»Tun Sie das nicht sowieso?« Herr Nichtssagend machte damit klar, dass er nicht viel von journalistischer Arbeit hielt. Ich schwieg einfach. Er hingegen wurde ungeduldig.

»Hören Sie, Krieger. Wir können auch anders. Wenn Sie in nächster Zeit keine Schwierigkeiten haben wollen, sollten Sie mit uns kooperieren.«

»Impertinent!«, rief ich. Eine Unverschämtheit, ich kenne meine Rechte! Aber Ärger wollte ich auf keinen Fall und Herr Nichtssagend bekam langsam eine ungesunde rote Farbe.

»Guter Mann, nehmen wir an, dass sich gewisse Hinweise während des Gesprächs und meinem Aufenthalt ergeben, dann werde ich Sie natürlich informieren. Ich verlange aber einen Exklusivbericht, sollten – sagen wir einmal – gewisse Vorteile durch meine Tipps in Preußen entstehen.« Ich lächelte verschwörerisch. Herr Nichtssagend lächelte nicht.

»Was meinen Sie?«, fragte er.

»Nehmen wir an, ein ähnliches Mittel wie Lykonium wird in Preußen entwickelt, dann möchte der Hansebote exklusiv der Öffentlichkeit davon berichten.«

Herr Nichtssagend nickte und entließ mich. Das versprach noch ein spannender Tag zu werden.

Nach solchen Drohungen musste ich mir erst einmal eine Stärkung besorgen. Und so zog es mich zu einer kleinen Bar am Rande der Ausstellungsfläche. Der hier zu Lande so beliebte Whisky war genau das Richtige für mich. Mit einem doppelten Single-Malt ließ ich mich in einen der gepolsterten Ledersessel fallen und wollte gerade meine Gedanken ordnen, als sich eine Frau neben mich setzte. Verwunderlich, immerhin ist es nicht gerade einfach für eine Dame von Stand, sich auf eine Couch *plumpsen* zu lassen. Doch diese Dame verzichtete scheinbar vollständig auf Korsett und Anstand. Trotzdem deutete ihre Kleidung auf eine hohe gesellschaftliche Stellung hin, wenn sie auch eher – und dies war besonders in Großbritannien untypisch – praktisch angelegt war. Auf Rüschen und Details war verzichtet worden. Auf ihrem unverschämt kurzen Haar war ein kecker Filzhut befestigt. Doch kam er durch das Feuerrot ihrer Haarsträhnen nicht wirklich zur Geltung.

»Entschuldigen Sie, wenn ich Sie störe, aber kann es sein, dass Sie eben Schwierigkeiten mit dem preußischen Geheimdienst bekommen haben?«, flüsterte sie und lächelte kokett. Ich hob verwirrt eine Braue. Sie legte ihre Hand auf die meine und fuhr fort:

»Abteilung III kann sehr ermüdend sein. Grobe Kerle, wenn Sie mich fragen.«

Sie hatte einen leicht rheinländischen Dialekt und war etwa Ende zwanzig. In der Zwischenzeit hatte ich mich gefasst, zog meine Hand zurück und setzte eine geschäftige Miene auf:

»Johann Alexander Krieger, und mit wem habe ich die Ehre?«

»Katharina Maria von Wiemer-Siegringen, aber nennen Sie mich einfach Katharina.«

»Ich insistiere, junges Fräulein. Ich ...«

»Ach, nun haben Sie sich nicht so, Herr Krieger. Sie sind zwar ein Connaisseur von Sitte und Anstand, aber ich bitte Sie, machen Sie bei mir eine Ausnahme und duzen Sie mich.« Sie lächelte mit solcher Offenheit, dass es mir unmöglich war, ihren Wunsch auszuschlagen.

»Was kann ich denn für Sie ähm dich tun, Katharina.«

Sie schmunzelte und lehnte sich zurück.

»Johann, als ob du das nicht schon wüsstest. Immerhin habe ich bereits den Nachrichtendienst angesprochen.«

Ich seufzte.

»Gut, für welche Regierung arbeitest du?« Es wäre auch zu schön gewesen, mal jemanden zu treffen, der mich nicht ausnutzen wollte. Sie grinste mich an.

»Regierung, tz, tz, tz. Du musst schon größer denken. Überschreite nationale Gedanken. Stell dir eine Organisation vor, deren Ziel das Wohl der gesamten Menschheit ist.«

»Wie eine Nonne siehst du nicht aus«, sagte ich trocken. Die junge Dame runzelte die Stirn.

»Gewiss nicht. Meine Organisation verfolgt das Ziel, durch die Kraft von Maschinen die Menschheit nach Eden zu führen. Ein neues Utopia durch Technologie.«

Ich riss die Augen auf. Ich hatte von dieser Organisation gehört. Eine Mischung aus wissenschaftlichen Genies und fundamentalistischen Terroristen.

»Mechanauten«, murmelte ich unfreundlich.

»Ich höre, du kennst uns. Kommen wir also zum Geschäft.« Sie beugte sich vor und plötzlich war alle Freundlichkeit aus ihrem Gesicht gewichen:

»Lykonium ist wirklich die Zukunft. Aber in den Händen einzelner Nationen würde das Gleichgewicht der Welt dadurch zerbrechen. Kriege, Mord, Totschlag und Katastrophen sind vorprogrammiert. Allen Menschen muss gleichermaßen der Zugriff gestattet werden. Und wenn du uns hilfst, Johann, werden wir dafür sorgen, dass die Menschheit ihr verdientes Utopia erreicht.« Ihre Stimme war eiskalt.

»Ich wette, mit einer Substanz, die ein Schiff in Windeseile über den Atlantik treibt, kann man gewaltige Bomben bauen.«

»Das wäre nicht in unserem Sinne. Gerade du solltest nicht an alles glauben, was die Medien berichten. Also? Haben wir einen Handel?«

Wie kam ich aus der Sache nur wieder lebend raus? Würde ich nein sagen, konnte ich mir vorstellen, dass die Dame zu drastischeren Mitteln greifen würde. Wer wusste schon, wie viele Mechanauten vor Ort waren. Aber wenn ich einfach zusagte, würde sie misstrauisch werden.

»Was springt für mich dabei raus?«

»Reporter!«, kicherte sie. »Gut, hör zu: Wir werden dich fürstlich belohnen. Um Geld wirst du dich bis zum Lebensende nicht mehr sorgen brauchen.«

Ich nickte. Weniger weil ich einverstanden war, mehr wegen meines Erstaunens. Mir war bis dato nicht klar, dass die Mechanauten nicht nur über Idealismus, sondern auch über Kapital verfügten.

»Und nun schlage ich vor, dass du deinen Whisky leerst und zum Professor gehst. Du hast da gleich einen Termin.« Sie zwinkerte und ging. In was war ich da nur hineingeraten?

Aber ich tat wie mir empfohlen und eilte zum französischen Saal. Hier würde ich Professor Dutreil treffen. Doch bevor ich durch den Eingang gehen konnte, wurde ich zurückgehalten.

»Johann Alexander Krieger?« Ein Mann stand neben mir. Er trug einen sauberen schwarzen Anzug und ein tiefgrünes Plastron. Sein Gesicht sah aus wie alte Rinde: Narben einer schweren Verbrennung?

»Conrad von Esch, MEPP. Sie sind in großer Gefahr.«

Nun platzte mir der Kragen: »Hören Sie mal, Sie Lackaffe. Es ist mir völlig egal von welchem Geheimdienst oder von welcher Organisation Sie sind: Die Antwort ist NEIN! Lassen Sie mich meine Arbeit als Journalist machen.«

Ich wollte an ihm vorbeistapfen, doch er hielt mich zurück und reichte mir eine Karte:

»Wie Sie wünschen, Herr Krieger. Aber im Falle eines Falles wissen Sie, wo Sie mich finden.«

Ich griff nach der Visitenkarte und stopfte sie in meine Westentasche. Dann marschierte ich in den Saal.

Eine haarige Überraschung

Ein Artikel von Johann Alexander Krieger, Reporter des Hamburger Hansebotens

London – Still und ruhig lag der französische Saal vor mir. Nur einzelne Papierfetzen und Flugblätter erinnerten an den Trubel vor wenigen Stunden. Ich begab mich zur Bühne und blickte mich um. Hatte der Professor unseren Termin vergessen? War mir jemand zuvorgekommen? Vorsichtig lugte ich hinter den Vorhang. Hier stand immer noch die Druckerpresse und wartete auf ihren erneuten Einsatz.

»Ah, Herr Krieger. Pünktlich auf die Minute. Sehr deutsch«, erklang die Stimme von Dutreil hinter mir. Ich wandte mich um. Der Professor trug einen weißen Kittel und dicke Kautschukhandschuhe. Auf seiner Stirn war eine kupferne Schweißerbrille geschnallt.

»Ich bin gespannt auf Ihre Ausführungen«, sagte ich und kam auf ihn zu.

»Dann folgen Sie mir bitte«. Der Professor ging durch eine Tür hinter die Bühne. Hier standen verschiedene Apparaturen. Kolben ratterten und der Geruch von Öl und Ruß lag in der Luft. Von einem an Brennblasen erinnernden Kupfergefäß verzweigten sich Röhren und Schläuche über den gesamten Raum. Es zischte immer wieder, wenn sich die zahlreichen Transformatoren entluden. Meine werten Leserinnen und Leser, eine wahre Hexenküche. Ein Mitarbeiter des Professors huschte immer wieder hin und her, zog hier an einem Hebel, drückte dort einen Knopf, trug Fläschchen mit Lykonium umher und wirkte allgemein sehr beschäftigt.

»Willkommen in meinem Heiligtum.« Dutreil wies auf das improvisierte Labor um ihn herum.

»Sagten Sie nicht, dass Lykonium Kohlegeräte überflüssig macht?« Ich zeigte auf die diversen Dampfmaschinen.

»Das ist soweit korrekt, aber erstmal müssen wir genügend Lykonium herstellen, damit wir unabhängig werden. Schlussendlich soll dann durch das Produkt selbst neues Lykonium erschaffen werden.« Er fuhr sich durch sein dichtes Haar und lächelte freundlich. Ein wenig unheimlich wirkte er schon in dieser Kulisse. Die Schatten und das Blitzen der Kupferspulen gaben ihm etwas Tierisches und verzerrten seine Gesichtszüge. Mir war bis jetzt nicht aufgefallen gewesen, wie lang seine Zähne waren.

»Dann zeigen Sie mir das Verfahren«, sagte ich mit Nachdruck. Ich wollte mich nicht von der Szenerie einschüchtern lassen.

»Wie Sie wünschen. Dieser Kessel hier ist das Herzstück der Anlage.« Er deutete auf die mannsgroße Brennblase.

»Darin wird unser chemisches Gemisch bei einer konstanten Temperatur und konstantem Druckverhältnis hergestellt. Wichtig ist zudem elektrischer Strom und genau angepasste Lichtverhältnisse.«

»Sie machen mich neugierig. Ist eine Vorführung möglich?« Ich war gespannt und tatsächlich: Der Professor nickte, zog an einem Hebel und die Apparatur begann zu brummen.

Aus der Höhe fuhren mehrere Schläuche herab und schoben sich durch eine Aussparung in den Kessel. Sofort war das Bullauge an der Kupferwand beschlagen. Verschiedenfarbige Flüssigkeiten pumpten durch die Schläuche. Mit einem lauten Summen rastete über dem Kessel eine Elektrospule ein und sofort leckten Blitze über die Anlage.

»Zurücktreten, Herr Krieger.« Mein Gastgeber betätigte weitere Hebel und nun glühte ein stumpfes Licht im Kessel. Ich glaubte kurz, ein hohes Quietschen zu vernehmen.

»Wenn Sie nun Ihren Blick hierher wenden würden. Das fertige Lykonium wird direkt in Flaschen abgefüllt.« Der Professor deutete auf ein Rohr, das vom Kessel zu einer Pumpe führte. Auf einem Fließband fuhren kleine Flaschen vorbei und wurden mit der roten Flüssigkeit befüllt.

»Kaum ein Liter, nicht gerade sehr viel«, murmelte ich.

Dutreil sah auf.

»Wir arbeiten noch an einer Steigerung unserer Produktivität.«

In diesem Moment knallte es aus einer Ecke des Raumes. Eine Stichflamme war zu sehen und jemand schrie. Der Professor seufzte.

»Mein Assistent. Verzeihen Sie, er ist manchmal etwas tollpatschig. Dummerweise kann es gefährlich werden, wenn Lykonium ausläuft. Bitte warten Sie hier. Und fassen Sie nichts an.«

Er entschwand zwischen den Maschinen. Ich blickte mich um: keiner da. Ich kenne meine Pflicht als Journalist, vor allem Ihnen gegenüber, geneigte Leserinnen und Leser. Also warf ich einen Blick durch das Bullauge. Nichts zu erkennen, alles dunkel. Ich klopfte vorsichtig dagegen. Nichts. Blitzschnell schnappte ich mir eine Flasche Lykonium und ließ sie in meiner Tasche verschwinden. Für den Fall der Fälle, sollte der Geheimdienst zu nachdrücklich auf meine Kooperation drängen. Dann ertönten zwei dumpfe Schläge aus dem Kessel. Ich sprang erschrocken zurück. Wieder klopfte ich, mir wurde mit zweimal Pochen geantwortet. Was hatte das zu bedeuten? Ich schritt um die Apparatur herum und fand auf der Hinterseite eine Klappe. Ohne zu zögern riss ich sie auf und mir fiel ein nackter Mann entgegen. Zitternd und ausgedorrt blickte er mich an. Sein Körper war über und über mit Einstichlöchern übersät. Sein Bart war lang und ungepflegt. Überhaupt wirkte er sehr haarig und gewiss nicht britisch.

Menschenversuche? Wurde Lykonium aus Menschen gewonnen? Ich war verwirrt. Dieser Professor musste wahnsinnig sein. Ich reichte dem Gefangenen die Hand, er ergriff sie schwach und brabbelte etwas. Vielleicht slawisch, ich war mir nicht sicher. Endlich, als ich ihm auf die Beine geholfen hatte, war ich bereit zu gehen. Aber ich würde mit der Polizei im Schlepptau zurückkehren!

»Aber, Herr Krieger.«

Dutreil stand plötzlich vor mir, neben ihm sein Assistent.

»Sie wollen doch nicht etwa gehen?« Seine Stimme war emotionslos. Ich entschied mich für Konfrontation.

»Menschenversuche? Das ist also Ihr Geheimnis, Professor? Ein hoher Preis für Lykonium!«

»Sie verstehen nicht ganz. Lassen Sie den Mann in Frieden. Sie tun sich keinen Gefallen.«

»Ich werde den Ort hier verlassen und die Polizei alarmieren. Ihre Produktionsmethoden werden beendet!« Ich war etwas verunsichert über die Ruhe meines Gegenübers.

»Sie wollten nicht auf mich hören.« Damit legte Dutreil einen Hebel um und eine der Bogenlampen begann zu leuchten. Erneut dieses milchige Licht. Der Mann an meiner Seite warf sich auf den Boden, begann zu zucken und zu schreien.

»Was haben Sie gemacht?«, rief ich und beugte mich hinab, um dem Gefangenen zu helfen.

»Sie werden sehen. Hoffentlich findet die Polizei später noch etwas von Ihnen. Aber ich werde ihr ausrichten, dass Sie mein Labor verwüstet haben.« Damit gingen die beiden und ließen mich mit dem krampfenden Mann allein. Was sollte ich tun? Ich musste Hilfe holen! Also stürmte ich zur Bühne, doch dann erklang das Heulen: unmenschlich verzerrt, wie ein Wolf. Ich drehte mich vorsichtig um und erstarrte. Wo eben noch der Mann am Boden gelegen hatte, stand jetzt eine haarige Bestie. Ein Ding zwischen Mensch und Wolf. Nun fiel es mir wie Schuppen von den Augen: Lykonium. Lykos war das griechische Wort für Wolf! Benutzte Dutreil etwa das Blut von Werwölfen für seine Produktion? Meine Damen und Herren, Sie mögen sich gewiss wundern, weshalb ich diese Bestie gleich für echt hielt, aber wenn Sie hautnah die Transformation eines Unwesens mitbekommen, sind Sie nur allzu bereit, daran zu glauben.

Ich warf mich zur Seite als das Monstrum mich angriff. Seine gewaltigen Pranken schlugen tief in einen Dampfkessel. Zischend entfuhr ihm heißes Wasser und der Werwolf jaulte auf. Ich rannte zur Tür, riss sie auf und stürzte in den Saal. Doch schon packte mich das Wesen, zerrte mich von den Füßen und warf mich zurück ins Labor. Hart schlug ich gegen einen Transformator. Meine Sinne schwanden, doch ich verbot meinem Körper zu erlahmen. Das Wesen stürzte kläffend auf mich zu und öffnete sein Maul. Dolchartige Zähne blitzten auf und ein fauliger Geruch drang in meine Nase. Ich reagierte instinktiv und zog das Lykonium aus der Tasche. Schon war der Werwolf über mir. Mit einer ruckartigen Bewegung stopfte ich ihm die entkorkte Flasche in den Rachen und sprang zurück. Er glotzte verwirrt, dann stand er auch schon in Flammen. Das Feuer drang durch Maul und Schnauze aus seinem Körper, fraß sich durch Fell und Haut, und schon brannte das Wesen am ganzen Leib. Der beißende Gestank betäubte meinen Geist. Der Werwolf schrie nur kurz, dann war es vorbei. Nur eine verkohlte Gestalt erinnerte an seine Existenz. Das war zu viel für mich: Mir wurde schwarz vor Augen.

Unbeantwortete Fragen
Ein Artikel von Johann Alexander Krieger, Reporter des Hamburger Hansebotens

London – »Krieger! Kommen Sie zu sich!« Ich schlug die Augen auf. Ein grelles Licht blendete mich.

»Na endlich. Und? Was ist da in Dutreils Labor vorgefallen?« Vor mir saß Herr Nichtssagend von Abteilung III. Er war allem Anschein nach überhaupt nicht zufrieden. Ich versuchte, meine Gedanken zu sammeln, was gar nicht so einfach war: der Professor, das Produktionsverfahren, der Werwolf. Wie sollte ich das dem Geheimdienstmitarbeiter klarmachen? Ich war unsicher, entschied mich aber für die einfachste Lösung: »Alles Schwindel. Ich wurde von Dutreil angegriffen, als ich hinter das Geheimnis kam«, stotterte ich.

»Ja? Berichten Sie!«, drängte der Agent ungeduldig.

»Denken Sie an unseren Handel«, erinnerte ich und musste innerlich schmunzelte, als ich sah, wie sich das Gesicht des Herrn verfärbte.

»Gut, Krieger! Aber nun reden Sie!«

Ich nickte und begann:

»Alkohol. Hochprozentiger Alkohol. Er hat ihn durch ein verstecktes Feuerzeug auf der Bühne entzündet. Und in der Druckerpresse war eine gewöhnliche Dampfmaschine. Gut verborgen.«

»Das ist alles?« Mein Gegenüber war enttäuscht. Ich nickte nur.

»Warum die ganzen Röhren und die Brennblase im Labor?«, fragte er ungläubig.

»Ablenkung. Simple Ablenkung«, erklärte ich.

Er winkte mit der Hand und ich war entlassen. Schnell stand ich auf und bereute es sogleich. Alles drehte sich vor meinen Augen. Vorsichtig wankend verließ ich den Raum. Draußen lehnte ich mich gegen die Wand. Was sollte ich tun? Wie konnte ich meine Informationen über Dutreil nutzen? Musste man ihn nicht aufhalten? Und wie war er an den Werwolf gekommen? Bis vor Kurzem waren diese für mich nur Fabeltiere gewesen. Ich schleppte mich durch die Menschenmassen gen Ausgang. Ein Spaziergang an der frischen Luft würde mir sicher guttun.

Doch davon wollte Katharina Maria von Wiemer-Siegringen gar nichts wissen, hakte sich bei mir unter und zog mich durch die Menge. Meine Damen und Herren, manchmal ist das Leben eines Reporters eher ein Zerren und Fallen.

»Lieber Johann, deine kleine Expedition zu Professor Dutreil wird bereits erregt diskutiert. Die Briten sprechen von preußischer Sabotage und die Franzosen von Spionage. Und damit wären wir eigentlich schon beim Thema: Was hast du herausgefunden?«

Ich überlegte kurz, der Mechanautin dieselbe Geschichte wie dem preußischen Geheimdienst zu berichten, entschied mich aber dagegen: »Dutreil gewinnt sein Lykonium aus Wölfen, indem er sie mit einem bestimmten Lichtspektrum und konstantem Zweiphasenstrom beschießt.« Mir war nun klar geworden, dass das milchige Bogenlampenlicht wohl den Mond darstellen sollte. Zumindest hatte sich der Mann nach dem Einschalten des Gerätes verwandelt.

»Aus Wölfen?« Die Dame schien nicht überzeugt, hielt an und blickte mir tief in die Augen.

»Johann, hast du mehr erkennen können?«

Nun wurde es mir langsam zu dumm.

»Geh doch selbst ins Labor!«

»Das würde ich ja gerne, aber irgendeine Organisation namens MEPP hat alles abgeriegelt. Also?«

Ich zuckte mit den Achseln. Ich konnte ihr unmöglich von den Werwölfen erzählen.

»Du bist wirklich der schlechteste Spion, mit dem ich je zusammengearbeitet habe. Auf Wiedersehen, Herr Krieger.« Und damit verschwand sie in der Menge.

Mir war es nur recht und ich wandte mich dem Ausgang zu. Ich wollte endlich etwas in der frischen Luft entspannen. Doch Sie ahnen es schon, hochgeschätzte Damen und Herren, dazu sollte es nicht kommen.

Wiedersehen im Hyde-Park
Ein Artikel von Johann Alexander Krieger, Reporter des Hamburger Hansebotens

London – Müde schlenderte ich durch den Hyde-Park. Auf den großen Alleen kamen mir immer wieder Leute entgegen. Die Ausstellung

war selbst zu später Stunde gut besucht. Ich blieb stehen und setzte mich auf eine Bank. Was genau war eigentlich passiert? Ein verrückter Professor hatte ein Mittel aus dem Blut von Werwölfen hergestellt, das das Energieproblem möglicherweise lösen würde? Aber stimmte das wirklich? Hatte er nicht einfach nur Behauptungen aufgestellt? Was bezweckte er wirklich? Ich lehnte mich zurück und blickte in den Himmel. Der volle Mond schälte sich zwischen den Wolken hervor. Und dann vernahm ich das Heulen. Nicht sehr weit von meiner Position entfernt. Ich erschauderte. Konnte es denn sein, dass es noch mehr Werwölfe gab? Ich wollte mich erheben, doch plötzlich packte mich jemand am Kragen. Eine haarige Hand drückte sich auf meinen Mund. Ich wurde brutal nach hinten gezerrt. Ich strampelte, schlug wild um mich und biss, doch der Griff blieb unerbittlich. Gnadenlos wurde ich hinter ein paar Büsche gezerrt und auf den Boden geworfen.

Vor mir stand Dutreil. Doch vielmehr erschreckte mich die Gestalt neben ihm. Zu seinen Füßen hockte ein Werwolf.

»Meinen Assistenten kennen Sie ja bereits. Nun, Herr Krieger. Sie sind ein Störfaktor. Aber das wird sich ändern. Nehmen Sie es nicht persönlich, aber wir müssen hier einen Schlussstrich ziehen.«

Er begann seinen Kittel aufzuknüpfen und sich zu entkleiden. Was hatte er vor?

»Sie müssen verstehen, dass wir dringend ein neues Objekt für das Lykoniumverfahren benötigen. Und natürlich können Sie sich denken, dass weder ich noch mein Assistent dafür in Frage kommen.« Er war seelenruhig.

Was hatte er vor? Wollte er mir seinen Untergebenen auf den Hals jagen? Doch als er nackt vor mir stand, blickte er einfach in den Himmel. Das Mondlicht beschien seinen haarigen Körper und dann begann es: Er verwandelte sich. Langsam verformten sich seine Gliedmaßen. Seine Gesichtsbehaarung wurde noch buschiger und sein Kiefer brach nach vorne. Sein gesamter Leib zitterte. Knochen knackten und ordneten sich neu, Muskeln und Sehnen dehnten sich, Fleisch drängte an andere Positionen. Dutreil ächzte. Dann erhob er sich: »Ich entscheide, wann ich mich verwandele, doch bei Mondlicht ist es einfacher.« Seine Stimme war tief und heiser.

»Was haben Sie vor?«, keuchte ich.

»Ich werde Sie beißen. Sehen Sie, ich bin der erste Werwolf. Doch das Gift, das die Verwandlung hervorruft, wirkt nur in der zweiten Generation. Nun kennen Sie das letzte Geheimnis von Lykonium!«

»Aber warum? Warum tun Sie das Ihrer eigenen Art an?«

»Gewinn! Meine Krankheit hat einen Sinn gefunden. Die Zukunft, Krieger, mein lykanthropisches Leiden wird die Zukunft herbeiführen!«

Damit ließ er sich auf die Klauen fallen und trabte auf mich zu. Und ich reagierte wie in Trance, sprang auf die Beine und rannte los. Stürmte durch die Büsche, immer weiter und weiter. Hinter mir hörte ich das Kläffen, doch ich blieb nicht stehen. Schon konnte ich den Crystal Palace sehen, die Leute, die Lichter. Ich stolperte vorwärts, mitten in die Arme eines Mannes.

»Herr Krieger? Ich wollte Sie sprechen und ...«

»Werwölfe«, japste ich und wollte weiterstürmen. Dann erkannte ich den Herrn. Es war Conrad von Esch. Ein Mitglied dieser ominösen MEPP. Er blickte zu meinen Verfolgern, zog etwas aus der Tasche, legte an und ein einzelner Schuss war zu hören.

Der Assistent des Professors warf sich zu Boden, jaulte auf und zerfiel.

»Herr Krieger, die MEPP hat einige Fragen.«

Ich deutete zitternd auf Dutreil, der gerade kehrt gemacht hatte und zum Wald stürzte.

»Wir werden uns um ihn kümmern.« Conrad von Esch winkte und mehrere Männer stürzten dem Werwolf hinterher.

»Kommen Sie, Herr Krieger und erklären Sie bitte von Anfang an. Wir sind sehr gespannt.«

Akte 127 – Fall »Lykonium«
Ein Kommentar von Conrad von Esch, Leiter des Ministeriums zur Erforschung paranormaler Phänomene (MEPP)

Herr Krieger berichtete uns lückenlos über die Herstellung von Lykonium. Diese Flüssigkeit wurde von der MEPP als Gefahr der Klasse Drei kategorisiert und alle Versuche, es erneut zu entwickeln, müssen der Öffentlichkeit unterbunden werden. Dutreil fiel uns am Ufer der Themse in die Hände. Er wurde in der Londoner Zentrale festgesetzt. Unsere Wissenschaftler werden seine Brauchbarkeit untersuchen.

Die Artikel von Herrn Krieger dürfen zum Schutz der Weltbevölkerung nicht veröffentlicht werden. Der Journalist wurde informiert und hat eine Schweigeerklärung unterschrieben.

Hiermit ist der Fall »Lykonium« abgeschlossen.

Epilog
Tagebucheintrag von Johann Alexander Krieger

Hamburg – Ich bin in der Zwischenzeit wieder in der Hansestadt und froh, dem Schlamassel der Great Exhibition lebend entkommen zu sein. Mir waren nur meine Notizen zu den kleinen Firmen geblieben. Das reichte meinem Redakteur, obwohl er auf spektakulärere Artikel gehofft hatte. Zu meinem großen Verdruss – und zur Begeisterung meines Vorgesetzten – werde ich für meinen nächsten Artikel, eine Kulturreportage, nach Siebenbürgen gesandt. Ich hoffe, ich bleibe von Vampiren verschont ...

Das Meisterwerk

Andrea Bienek

»Guten Abend, werte Herren. Entschuldigen Sie bitte die Störung. Gehören Sie zum russischen Gendarmerie-Spezialkorps?«

Vasilii Kosloff fragte sich, ob der Mann die Masern hatte. Rote Flecken verteilten sich im pockennarbigen Gesicht und die Haltung deutete auf einen geschwächten Allgemeinzustand hin. Hier war ein Arzt vonnöten und kein Gendarm! Vorsichtshalber rutschte er ein paar Zentimeter von dem Uniformierten weg, während er sich eine Antwort überlegte.

»Worum geht es?« Jakow Sorokin, Kosloffs junger Kollege, schien derartige Gedanken nicht zu hegen. Mit dem wachen Interesse eines Holzklotzes blickte er den Schaffner an.

»Es ... es gab einen Zwischenfall«, flüsterte dieser stockend. Er war sichtlich nervös. Sein Blick huschte über die Mitreisenden, er hob die Hand an die Lippen, damit niemand sah, was er hinzufügte. »Im Passagierwaggon der ersten Klasse wurde ein Mann tot aufgefunden ...« Offenbar hatte er noch mehr sagen wollen, entschied sich aber anders.

Kosloff und Sorokin schauten einander an. Kosloff hob eine Augenbraue, Sorokin zuckte die Schultern.

Sie saßen in der Eisenbahn von St. Petersburg nach Moskau. Die 652 Kilometer lange Strecke war gerade erst fertiggestellt worden. Die beiden hatten unbedingt bei der »Jungfernfahrt« dabei sein wollen. Schon Wochen zuvor hatten sie die Fahrkarten erworben. Dieser erste November des Jahres 1851 würde russische Geschichte schreiben. Das Glanzstück des Zaren Nikolai I., der für diese Verbindung zahlreiche Sümpfe trockenlegen und fast zweihundert Brücken erbauen hat lassen. Unter anderem über die Wolga, die sie, wenn alles fahrplanmäßig verlief, noch nicht einmal sehen würden. Denn es war Nacht und das Land in tiefes Schwarz getaucht.

Ein Rumpeln ging durch den Waggon. Der Schaffner fiel Kosloff fast auf den Schoß. Mit angeekeltem Gesicht und gespreizten Fingern hielt ihn der Gendarm von sich fern. Geistesgegenwärtig packte sein

Kollege zu, sodass der Schaffner sein Gleichgewicht wiederfand. Kosloff sprang auf und drängte zum glaslosen Fenster des Waggons. Sie überquerten den Fluss Msta. Mit zu Sehschlitzen verengten Augen schaute der breitschultrige Gendarm aus dem Fenster. Wie gern er sein Land in voller Pracht und Farbvielfalt betrachten würde. Weit lehnte er sich aus dem Zug, der scharfe Fahrtwind zerzauste sein kinnlanges Haar, fegte es ihm aus dem Gesicht. Zu seiner Enttäuschung spiegelte sich das Mondlicht nur kurz in dem sprudelnden Wasser einer Stromschnelle, dann war die Eisenbahn auch schon darüber hinweggedonnert. Ein wahrlich spektakuläres Tempo, mit dem sich dieses qualmende Metallungeheuer durch die Ebene fraß.

Seufzend zog er den Kopf zurück und drehte sich betont langsam zu seinem Kollegen und dem vor Erregung an den Fingernägeln kauenden Schaffner um. Er schürzte die Lippen.

Es gab also einen Toten. Das würde den Zaren nicht erfreuen. Erst recht nicht, wenn sich seine Gendarmen des Falles nicht annahmen.

Mit einem Nicken gab er seinem Kollegen zu verstehen, dass sich gerade ihr Privatvergnügen in Arbeit verwandelt hatte. Sorokin zog sein edles Silberchronometer hervor und notierte die Uhrzeit.

Wenig später erreichten sie die kleine Haltestelle in Torbino. Es stiegen nur wenige Menschen zu, die meisten verließen die Bahn, um ihren Bedürfnissen nachzugehen. Es fehlte an Toiletten, genauso wie an Heizungen. Und das im November! Den Reisenden waren lediglich Metallkisten mit heißen Ziegelsteinen neben die Füße gestellt worden. In den Waggons der ersten Klasse hatte das vermutlich für Wärme gesorgt. Diese an Kutschen erinnernden Fahrgastzellen, hatten Glasfenster, verfügten über dick gepolsterte Sitze und waren mit Stoff ausgeschlagen. In der zweiten Klasse gab es Fensterrahmen bis zum Dach – ohne Glas – und Polsterbänke, die zwar nicht so bequem wie die der ersten Klasse waren, aber immer noch besser als die blanken Holzbänke, die in der dritten Klasse von Wand zu Wand reichten und von denen aus man ungehindert in den Himmel schauen konnte. Kein Dach. Viele der Reisenden hatten Rauchbrillen auf, wegen des Qualms, der von der Lokomotive nach hinten wehte. Alle waren in dicke Decken gehüllt und ein paar von ihnen schliefen dicht an ihren Nachbarn geschmiegt, obwohl sie diesen gar nicht kannten.

Der Schaffner schaute sich beim Aussteigen ängstlich um und geleitete die beiden Gendarmen zu einem Waggon weiter vorn, der eindeutig zur ersten Klasse gehörte. Er war unbesetzt. Nun, bis auf die Leiche, die direkt an der Wagentüre bäuchlings auf dem Boden lag.

»Der ist ja fast noch ein Knabe!« Vasilii Kosloff kniete neben dem schlaksigen jungen Mann, der mit seinen weit aufgerissenen Augen und den seltsam verdrehten Gliedern wie eine achtlos hingeworfene Puppe aussah. Nachdenklich strich er sich eine graumelierte Haarsträhne hinters Ohr und schaute sich genauer um. Das schwache Licht der Gaslampen erhellte den mit braunem Brokatstoff ausgekleideten Innenraum. Dieser war in einem furchtbaren Zustand. Teile der Wandverkleidung waren zerrissen, Ziegelsteine lagen verstreut herum, einige Polsterbänke waren entzwei und Spiegel zerbrochen. Was war geschehen?

Eins nach dem anderen, dachte Kosloff. Zunächst der Tote.

Dieser war gekleidet wie ein Edelmann. Hohe Stiefel aus weichem Leder, seidene Beinkleider und eine mit Silberfäden durchwirkte Weste. Das blonde Haar war im Nacken kurz und oben leicht lockig. Dazu ein samtener, wadenlanger Umhang, der etwas Eckiges auf dem Rücken verbarg. »Ein tickender Kasten?«, murmelte Kosloff verwirrt.

Mit zittrigen Knien verließ der Schaffner den Waggon. Bis zur Weiterfahrt hatte er sich um die anderen Reisenden zu kümmern. Er wirkte äußerst fahrig. Kosloff kam der Verdacht, dass mehr hinter der Sache stecken könnte.

Jakow Sorokin ging neben seinem Kollegen in die Hocke. Das kurz geschnittene, wellige blonde Haar des jungen Gendarmen zitterte leicht, als er sich abmühte, die Kiste unter dem Umhang hervorzuziehen, die am Rumpf des Mannes befestigt war. Kosloff packte den Toten an Schulter und Hüfte und stemmte ihn auf die Seite. Dabei rollte dessen Kopf in den Nacken und der Mund öffnete sich. Kosloff stieß einen überraschten Pfiff aus. »Nun sieh sich das einer an. Ist das ein Paar gewaltige Fangzähne, oder nicht, Jakow?«

»Ich kenne mich damit nicht aus. Für einen Menschen sind sie zu lang. Eine Laune der Natur?«

»Oder ein Teufelsknecht!« Kosloff zwinkerte spitzbübisch. »Du solltest ab und an Geschichten lesen, Junge, statt immer nur zu tüfteln. Da lernt man eine ganze Menge.«

Jakow räusperte sich. »Wie lange, denkst du, ist er schon tot?«

»Hm, der Körper ist mäßig warm, die Lider erstarren, die Kiefermuskulatur ist noch beweglich. Ich schätze an die zwei Stunden, länger nicht.« Kosloff demonstrierte seine Theorie, indem er den Mund des Toten ein paar Mal geräuschvoll auf und zu klappte. »Was mich wundert, ist die Beschaffenheit der Haut und seine Gesamtverfassung. Er sieht trocken aus, so als fehle ihm jegliches Blut. Aber ich kann hier keines entdecken.«

»Das hieße ja, er wäre ermordet worden und das auch noch an anderer Stelle!«

Mit einem gekünstelten Husten meldete sich der Schaffner: »Verzeihen Sie, aber das glaube ich nicht, werte Herren. Dieser Mann hatte eine gültige Fahrkarte für diesen Waggon. Und ...« Der übergroße Adamsapfel des Mannes hüpfte nervös. »Ich ... ich bin mir sicher, dass er den Wagen nicht verlassen hat«, brachte er schließlich hervor. Schnell wandte er sich ab, schaute unruhig den Bahnsteig entlang und schloss sorgfältig die Waggontür.

»Könnte er während der Fahrt umgestiegen sein?«, erkundigte sich Kosloff.

»Unmöglich!«, entrüstete sich der Schaffner. »Diese Eisenbahn fährt dreißig Kilometer pro Stunde!«

Kosloff blickte Sorokin fragend an.

»Gute achtundzwanzig Werst«, klärte dieser ihn auf.

Der ältere Gendarm nickte. »Das ist rasant. Ein schwieriges Unterfangen, bei diesem Tempo draußen herumklettern zu wollen.«

Ein gewaltiger Ruck ging durch den Zug, als die Lokomotive mit quietschenden Rädern und donnernden Dampfstößen anfuhr. Die Kabine erzitterte, der Schaffner auch. Im Zuckeltempo verließ der Zug den Bahnhof, beschleunigte und war alsbald in voller Fahrt. Der Schaffner zog sich in den Fond des zerstörten Waggons zurück und setzte sich auf eine der noch intakten Polsterbänke. Er rang die Hände, rieb sich den Hals, fuhr sich mit bebenden Fingern durchs Haar.

Kosloff sah seinen Kollegen mit gerunzelter Stirn an. Der Uniformierte hatte etwas zu verbergen. Das sagte ihm sein Instinkt. Sorokin deutete ein Kopfschütteln an. Nun, dachte Kosloff, das

würden sie noch herausfinden. Priorität hatte nun diese Kiste. Das Ticken darin beunruhigte ihn.

Es handelte sich um eines dieser neumodischen Geräte, die er nie verstehen würde. »Jakow, deine Zuständigkeit. Ich untersuche den Waggon, während du herausfindest, was es damit«, er deutete mit angewidertem Gesicht auf den Kasten, »auf sich hat.«

Sorokin lächelte. Das war der Grund, warum er seine Arbeit so liebte. Technik faszinierte ihn, sie zu entwickeln, zu erforschen und zu benutzen war sein Lebensinhalt – und er war sehr gut darin. Trotz seines jugendlichen Alters wäre er fast Akademiker geworden. Als Gendarm jedoch durfte er praktizieren, nicht nur theoretisieren. Und darum war er auch stets mit praktischen Dingen ausgerüstet: Präzisionswerkzeug, Draht, Jagdmesser, ein Magnet und natürlich seine Perkussionsschlossfeuerwaffe. Die beste und modernste Büchse auf der ganzen Welt – und sein persönlicher Stolz. Mit geschickten Fingern öffnete er die Kiste und – staunte. Unter dem Deckel befand sich ein klobig anmutender, länglicher Hebel, der entfernt an einen Hammer erinnerte. Am einen Ende hatte er eine Taste, am anderen eine nach unten zeigende Spitze. Die Spitze hämmerte unregelmäßig auf einen quer zum Hebel verlaufenden, schmalen Papierstreifen, der auf zwei Walzen lief. Ein Uhrwerk bewegte die Walzen kontinuierlich voran, während die Spitze Punkte und Striche auf dem Papier hinterließ.

»Vasilii, komm und schau dir das mal an!«, rief Sorokin aufgeregt.

Kosloff wollte soeben mit der Befragung des Schaffners beginnen. In aller Seelenruhe hatte er eine umgeworfene Polsterbank aufgerichtet und sich behäbig darauf niedergelassen. Der Schaffner kaute fieberhaft auf seiner Unterlippe herum, schwitzte. Die Flecken in seinem Gesicht verschwanden langsam und hinterließen eine ungesunde Blässe.

Kosloff bedachte ihn mit einem strengen Blick und wandte sich ab. Er bückte sich zu Sorokin hinunter und beäugte misstrauisch das merkwürdige Gerät. »Was ist das?«

Der blonde Gendarm hatte eine der Walzen entfernt. Seine Beine und auch der Tote vor der Waggontür waren unter einem Berg von abgerollten Papierbahnen verschwunden. »Eine Morsetaste, sie wird in der Telegrafie verwendet. Schon davon gehört?«

Nachdenklich nickte der Ältere.

»Mir scheint, unser Opfer hat dies zur Aufzeichnung eines Codes benutzt, der *Morsezeichen* genannt wird. Als ich in Europa war, habe ich mich eingehend damit befasst.«

»Natürlich«, spöttelte Kosloff. »Du musst über sämtliche Erfindungen informiert sein.«

»Das ist mein Beruf, Vasilii!«

»Und ich bewundere dich dafür, Junge«, beeilte er sich zu sagen. Schon häufig war die Technikaffinität seines Kollegen nützlich bei der Lösung ihrer Fälle gewesen.

»Du wirst nicht glauben, was hier steht!«, rief Sorokin aus. »Hör zu: »Mein Name ist Nouel und ich bin ein Vampir.««

Kosloff brach in schallendes Gelächter aus.

»Pass auf, es geht noch weiter!«

»Du kannst das *lesen*? Das sind doch nur Punkte und Striche!«

»Und Pausen«, erklärte Sorokin. »Bücher kann ja jeder lesen«, fügte er verschmitzt hinzu. Dann wurde er wieder sachlich: »Schau, diese drei Striche hier sind ein *O*, die drei Punkte ein *S* und das da, der Einzelpunkt, ein *E*. So entstehen Worte und, mit der unterschiedlichen Länge der Pausen, sogar ganze Sätze.«

Kosloff nickte, öffnete seinen dicken Filzmantel und setzte sich neben seinen Kollegen. »Lies vor.«

»Mein Name ist Nouel und ich bin ein Vampir. Oui, das ist ein guter Anfang. So werde ich es niederschreiben. Eine umfassende Aufklärung der Sterblichen über meine Spezies, damit sie die Furcht verlieren und wir endlich nicht mehr im Verborgenen leben müssen. Es wird ein Meisterwerk, dieses Buch. Und es wird mir die Pforten zu den erlauchten Kreisen der Wissenschaft öffnen. Meine Erfindungen werden die Welt verändern. Ich werde in die Geschichte eingehen, als der erste Vampir, der den Menschen Aufklärung, Wissen und technischen Fortschritt brachte. Dann werden alle meine Mühen belohnt.

Seit Monaten übe ich ohne Unterlass. Habe meine telekinetische Gabe mit einem Teilbereich der Telegrafie verbunden, um ein Gerät, das ich *Morseograph* nenne, unterbewusst steuern zu können. Es ist vollbracht. Nun gelingt es mir sogar, im Schlaf meine Gedanken aufzuzeichnen und sie danach als Literatur aufzubereiten. Oh, es wird très magnifique, superbe!

Aber ich schweife ab. Und der Morseograph zeichnet jeden Gedanken auf. Es wird difficile genug werden, diese Nichtigkeiten während der Abschrift zu ignorieren. Außerdem könnte jemand diese geistigen Ergüsse zu Gesicht bekommen! Wie unangenehm. Ich muss mich zusammenreißen.«

An dieser Stelle schmunzelten die beiden Gendarmen.

»Ein echter Irrer«, amüsierte sich Kosloff.

»Jedoch technisch sehr versiert. Sollten wir es hier mit einem genialen Geisteskranken zu tun haben?«

»Lies weiter. Wir finden es heraus.«

Sorokin nickte und las:

»Also noch einmal von vorn. Vielleicht sollte ich die Leser begrüßen. Oui, c'est ça.

Guten Abend, Mesdames et Messieurs, mein Name ist Nouel und ich bin ein Vampir.

Wissen Sie, heute Nacht ist eine besondere Nacht. In vielerlei Hinsicht. Denn heute wird der neueste Geniestreich des russischen Zaren Nikolai I. in die Geschichte eingehen und Sie werden dabei sein. Und als Sahnehäubchen dürfen Sie mir außerdem Gesellschaft bei der Jagd leisten. Ich habe zu diesem Zwecke einen sehr speziellen Menschen auserkoren. Sie dürfen gespannt sein!

Ich zähle mich zu den fortschrittlichen Vampiren, wissen Sie? Ich bin ein Geschöpf der Nacht und der Moderne. Und ich bin es leid, mich verstecken zu müssen. Ich habe Ihrer und meiner Spezies so viel zu geben. Non, ich bin kein Monster, auch wenn die Menschheit dies in uns sieht. Daher werde ich es Ihnen zeigen. Legen Sie bitte all ihre falschen Vorstellungen ab, vergessen Sie, was Sie bisher über Vampire zu wissen glaubten, und begleiten Sie mich. Erfahren Sie, wer wir sind und wie wir leben.

Zut alors! Wo ist mein Umhang? Diese Telekinese ist manches Mal eine wirklich lästige Gabe. Dauernd diese Eigenmächtigkeiten! Kaum schlafe ich, verselbständigen sich die Dinge. Praktisch ist sie nur im Wachzustand. Ah, da ist er ja. Am Griff der Wohnungstür. Was hat er dort zu suchen? Ich sollte meine Aufzeichnungen durchsehen, wer weiß, was ich am gestrigen Tag träumte! Das werde ich ebenfalls im Buch erwähnen. Dass Vampire in Wohnungen leben. Ganz genau wie die Sterblichen. Nicht auf Friedhöfen, in Grüften oder gar unter der Erde. Und dass wir Betten benutzen, nicht Särge. Nun, zugegeben, einige haben diese Vorliebe noch. Nostalgisches Pack.

Alors, ich erzähle den Menschen am besten etwas über unser Entstehen. Das wird sie sicher interessieren!

Mesdames et Messieurs, Sie müssen wissen, dass wir Vampire, entgegen aller Legenden und Mythen, nicht zu dem *gebissen* werden, was wir sind, sondern als ganz normale Säuglinge geboren werden. Genau wie Sie! Wir beginnen unsere Existenz als Sterbliche. In der Pubertät trennt sich schließlich der unsterbliche Vampyr vom Homo sapiens. Die normale menschliche Kost wird immer schwerer verdaulich und wir dürsten nach Blut. Bei dem einen dauert die Metamorphose unter Umständen Jahre, ein anderer gibt seinem Urinstinkt schneller nach, aber wissen Sie, eines ist bei allen gleich: Ab dem ersten Biss, dem ersten Schluck frischen, menschlichen Blutes, sind wir unwiderruflich Vampire – und hören sogleich zu altern auf. Auch haben wir erst ab diesem Moment ein Problem mit dem Tageslicht. Ich meine, wir verbrennen nicht und zerfallen auch nicht zu Asche, wie es vermutlich an Sie herangetragen wurde. Wir bekommen einen entsetzlichen Sonnenbrand. Tout de suite, sofort. Auch sind unsere Augen überaus lichtempfindlich.

Hm, wie erkläre ich das?

Stellen Sie sich vor, Sie haben in Ihrem dunklen Zimmer ein erquickendes Schläfchen gehalten. Sie werden wach, ziehen die Vorhänge auseinander und die strahlende Sommersonne scheint Ihnen direkt ins Gesicht. Nun, wie fühlen Sie sich? Geblendet, nicht wahr? Eh bien, Ihre Augen werden sich alsbald an das Licht gewöhnen, unsere werden das nicht, niemals. Für uns ist und bleibt das Tageslicht wirklich gleißend hell. Das ist sehr schmerzhaft.

Die Eisenbahn verlässt den Bahnhof um Viertel nach elf. Ich habe kaum geschlafen. Aber ich muss dabei sein. Sonst verpasse ich mein erwähltes Opfer. Sein Blut wird mich in wissenschaftliche Sphären katapultieren, die ich ohne ihn nicht erreichen würde. So lange beobachte ich ihn schon. Folge ihm auf seinen Reisen, beobachte seine rasante Entwicklung. Er ist ein Genie, ein faszinierender Geist. Ich möchte sein wie er. Sein Blut muss mein werden!

Mein Wecker-Chronometer liegt zerstört am Boden. Ich baute ihn, nachdem ich, noch in der Heimat, das Blut des französischen Erfinders Antoine Redier kostete. Wie traurig dieses Dahinscheiden anmutet. Zitternd, wie das Herz in der Brust eines Sterbenden, liegt die Unruh in ihrem Gehäuse, das Glas ist zerbrochen, die Zahnräder quellen durch das Ziffernblatt.

Wo ist mein Morseograph? Schnell in die mobile Kiste damit, den Umhang darüber, fertig.

Zum Schutz vor der Sonne setze ich mir eine Brille mit dunkelgrünem Glas auf und einen breitkrempigen Zylinder. Es ist schon sehr kühl draußen, niemand wird sich an meinem Schal stören, den ich mir bis über die Nase ziehe. Handschuhe fehlen noch.

Bon! Nun kann ich mich ins Tageslicht wagen.

Es ist eine Qual, die Straßen zu passieren. Zum Glück liegt mein Domizil nicht weit vom Kopfbahnhof St. Petersburg. Es ist bewölkt, das kommt mir entgegen.

So viele Menschen. Ein jeder will die Aufnahme des regulären Personenverkehrs auf der Strecke von St. Petersburg nach Moskau miterleben. Sie kommen von weit her. Dieses viele Blut. Meine Fangzähne pochen begehrlich. Jedem hier könnte etwas davon abhandenkommen, ohne dass dieser es überhaupt merkte. Ah, das war es, was ich meinen Lesern noch mitteilen wollte. Die Sterblichen fürchten sich doch so vor dem Aussaugen ihres Lebenssaftes.

Oui, wir leben vom Blut. Et oui, von menschlichem Blut. Und es stimmt, manchmal müssen wir dafür töten. Sie müssen wissen, Mesdames et Messieurs, wir Vampire tun das längst nicht mehr freiwillig. Es geht auch anders. Wir verfügen über eine hypnotische, telepathische Macht. Wir alle. Sie merken also nicht einmal, wenn wir Ihnen Ihr Blut nehmen, verstehen Sie? Vielleicht fühlen Sie sich danach etwas erschöpft und kränklich. Das ist alles.

Nun, natürlich sättigt ein einziger Mensch nicht. Es braucht schon mehrere, um vor Hunger nicht den Verstand zu verlieren. Apropos Verstand. Das Blut eines Menschen beherbergt auch dessen Geist. Seinen Intellekt, sein Wissen und seine Fähigkeiten. Darum auch dieser besondere Sterbliche heute als Vorzeigeobjekt, wenn ich das so formulieren darf. Habe ich sein Blut und diese Aufzeichnungen, so steht mir die Welt offen, um mir danach zu Füßen zu liegen!

Ich schweife ab.

Alors, besonders kräftigend ist natürlich der Moment, in dem das Herz zu schlagen aufhört und der letzte Schluck Blut die Erfahrung, das Wissen und die Emotionen eines ganzen Menschenlebens in sich trägt. Das war der Grund der Alten dafür, immer weiter zu töten. Aus purer Lust. Verwerflich, wenn Sie mich fragen. Zum Glück sind diese Untiere ausgestorben. Sie waren wirklich Monster, wissen Sie?

»Ihre Fahrkarte, bitte«, spricht mich ein Uniformierter an und hält mich fest. Ich habe ihn nicht bemerkt. Bei Tag bin ich träge, meine Sinne sind fast taub. Das Gesicht des Schaffners ist von Pockennarben übersät und er riecht nach schwerem Maschienenöl. Dieses goldene Elixier verleiht seinen Händen einen schimmernden Glanz, tränkt die Aufschläge der Uniform. Tief atme ich das Aroma seiner verschmierten Haut ein. Er hat viel zu tun. Sein Herz schlägt schnell und hart. Combien délicieux! Am liebsten würde ich ihn sogleich ... Nein, nicht hier.

Ich lasse mich nicht gern erwischen. Außerdem bin ich ein Genusssauger und vergesse dann allzu leicht alles um mich herum, wissen Sie?

Wenn das ein Sterblicher sähe!

Sicherlich könnte ich versuchen, die Erinnerungen der Umstehenden zu tilgen. Manche Menschen sind allerdings gegen Telepathie immun. Und dann müsste ich tatsächlich töten.

Ich muss mich zusammennehmen.

Der Schaffner strafft unmerklich seinen Körper. »Ihr Erste-Klasse-Waggon befindet sich im vorderen Teil des Zuges. Wünschen der Herr Geleit?«

Non, mon ami, dein Einsatz ist erst später gefragt. Ich winke ab und gehe allein zu dem Wagen, der einer kaiserlichen Kutsche ähnelt.«

Kosloff und Sorokin schauen auf, ihre Blicke heften sich auf den Schaffner, der sich hinter einer Wand zu verstecken versucht. Sein Adamsapfel springt ihm bis an den Kiefer. Er senkt den Blick, sagt kein Wort, ringt nur weiter die Hände.

»Was für ein Luxus. Derartig weiche Polster habe ich nie zuvor erblickt! Edle Gaslampen an Wänden, die mit teurem Blumenbrokatstoff verkleidet sind. Dichte Vorhänge an Glasfenstern und das Platzangebot ist um so vieles größer als in jeder Kutsche!

Mein Ebenbild schaut mich aus golden umrahmten Spiegeln an – wie kommen die Sterblichen nur darauf, wir hätten kein Spiegelbild? – es gibt kunstvoll geschwungene Kleiderhaken und selbst die Gepäckablage ist aufwändig gestaltet. Dabei gibt es doch dafür einen eigenen Waggon! Formidable, das muss ich sagen.

Ein Blondschopf vor meinem Fenster? Ah, *er* ist es! Wie erwartet. Aber ... ach. Sein Kamerad ist bei ihm. Ich kann nur hoffen, dass dieser nicht immun ist gegen Telepathie. Sonst wird mein Unterfangen heikel. Vielleicht gelingt es mir, mein Prunkstück allein zu erwischen.

Die Wolkendecke reißt auf, ich schließe die Vorhänge. Sofort ist es dunkel. Herrlich. Bis zum Einbruch der Nacht werde ich vorzüglich schlafen.

Mein Appartement schaukelt und rumpelt? Wo bin ich? Ah, in der Eisenbahn nach Moskau, richtig. Oh, und ich bin nicht allein in meinem Waggon ... Fortuna, ich danke dir!

Nicht immer ist mir ein Traum vergönnt, Mesdames et Messieurs, jedoch scheine ich in einem erwacht zu sein! Der Schaffner befindet sich in meinem Waggon. Zwar kann ich ihn nicht sehen, aber hören und riechen. Besser hätte es nicht laufen können, so finde ich gleich heraus, wo sich unser Prachtstück befindet.

Ich schleiche zu der Wand hinter einer Polsterbank, die den Vorraum vom Fond abteilt. Der Schaffner sitzt am Boden vor der Waggontür, schaut mit leerem Blick aus dem Fenster.

Er hat mich nicht bemerkt. Ich konzentriere mich, schläfere ihn ein. Oui, langsam wird er müde. Sein Kopf kippt zur Seite, ich sehe seine Halsschlagader pulsieren – sie lädt mich förmlich ein, sie zu nehmen. Jetzt ist der Zeitpunkt gekommen. Dieser Mensch ist nun bereit, wissen Sie? Meine Fangzähne verlängern sich, pochen im Takt seines Herzschlages, werden schärfer. Ich senke meinen Kopf über die weiche Haut an der Halsseite und ...«

»Tut mir leid, Vasilii, das Folgende kann ich nicht lesen. Diese Zeichen ergeben keinen Sinn.« Sorokin schüttelte bedauernd den Kopf.

Ein leises Stöhnen drang aus dem Fond. Die beiden Gendarmen schauten auf.

Der Schaffner kämpfte mit den Tränen, rubbelte sich wie besessen über den Hals, die Schultern, den Nacken, als wollte er etwas wegschrubben. Sein Atem rasselte, die Augen waren weit aufgerissen.

»Gibt es etwas, das Sie uns sagen möchten?«, rief Kosloff.

Ein winziges Wimmern entsprang der Kehle des Schaffners, panisch schüttelte er den Kopf.

»Dann nicht«, brummte Kosloff und zu seinem Kollegen gewandt sagte er: »Der redet schon noch, dauert nicht mehr lange. Aber jetzt lies erst einmal weiter.«

Es dauerte einen Moment bis die Stelle gefunden war, an der die Morsezeichen wieder Sinn ergaben.

»Unser Urinstinkt will uns diktieren, einen Sterblichen bis auf den letzten Tropfen Blut auszusaugen. Bis sein Herz aufhört zu schlagen. Diesen Mann jedoch nahm ich mir der Information wegen, die in seinem Geist verborgen war. Nun weiß ich wo er ist, das junge Genie. Mesdames et Messieurs, es wird schwieriger als erwartet, meinen Plan zu vollenden, denn er ist nicht allein. Nicht nur sein Kamerad ist bei ihm, sondern auch andere Reisende sitzen in seinem Waggon. Ich kann nicht zu ihm, darf nicht ertappt werden.

Alors, Planänderung. Er wird zu mir kommen. Dazu muss ich in dem Schaffner nur eine entsprechende Halluzination auslösen. Ich verbinde meinen Geist mit seinem, er wird nur noch wahrnehmen, was ich ihm vorgaukele. Bon! Ich hebe den Kopf.

Die Schlagader schließt sich, in wenigen Augenblicken wird nichts mehr zu sehen sein.

Der Schaffner darf nun wieder erwachen. Er fühlt sich, als wäre er kurz weggenickt und fürchtet nun, einen Halt verpasst zu haben. Sehen Sie, er ahnt nicht einmal, welch gutes Werk er an mir tat.

Alors, dies war also unser erstes Opfer heute Nacht. Und? Sind Sie zufrieden, enttäuscht oder gar erleichtert? Das war doch nun wirklich nicht schlimm, n´est-ce-pas?

Jetzt kommt der nächste Bahnhof. Der Schaffner ist beruhigt, dass er nichts versäumt hat und entspannt sich wieder.

Wann es endlich losgeht? Sie werden sich noch ein wenig gedulden müssen, Mesdames et Messieurs. Das gehört nämlich auch zur Jagd, wissen Sie? Geduld haben.

Wohlan, der Zeitpunkt ist gekommen. Ich konzentriere mich, die Verbindung zum Schaffner ist exzellent ...

Nanu? Es ist jemand zugestiegen. Wie ist das möglich? Das hätte ich bemerken müssen. Die Sinne eines Vampirs sind nämlich ausgesprochen scharf und ...

Pater noster, qui es in caelis – Vater unser, der Du bist im Himmel ...

Verzeihen Sie bitte, aber selbst ein Vampir benötigt hin und wieder göttlichen Beistand. Vor allem, wenn das Unmögliche vor der eigenen Nase auftaucht.

Kein Sterblicher betrat den Waggon, sondern einer von uns. Ein *Alter*.

Der Himmel steh mir bei!«

Aufjaulend rutschte der Uniformierte von der Polsterbank auf den Boden. Er schlug die Hände vors Gesicht, rang nach Atem. Fast hätte er sich unter der Bank verkrochen. Sofort war Kosloff auf den Füßen. Sorokin fegte die Papierbahnen beiseite und sprang ebenfalls auf.

»Was ist?«, fragten sie wie aus einem Munde.

»Bitte ...«, stammelt der Schaffner. »Bitte lesen Sie einfach weiter. Sie ... sie werden ... es sogleich erfahren.« Sein Körper bebte.

Die beiden Gendarmen sahen einander an.

»Dann los«, entschied Kosloff und Sorokin durchwühlte den Papierberg, zog den Streifen durch seine Finger, bis er die Stelle wiedergefunden hatte, an der er stehengeblieben war, und las:

»Er spricht telepathisch mit mir und sagt, er habe Hunger. Mörderischen Hunger, falls Sie verstehen. Ich solle ihm nicht in die Quere kommen. Er wolle sich ebenfalls an dem Schaffner laben.

Das darf nicht passieren – ich muss ihn aufhalten. Er wird diesen Menschen töten! Der hat gerade noch so viel Blut, um am Leben zu bleiben.

Langsam kommt der Alte näher.

Was soll ich tun? Stelle ich mich ihm in den Weg, wird er mich umbringen. Ich zähle schon über hundert Jahre, aber er, er ist ein wirklich Alter, wissen Sie, und er ist stark, sehr stark.

Ich stehe auf und verbeuge mich.

»Ehrwürdiger, lasst ab von diesem Menschen. Ich habe mich bereits an ihm gelabt. Der nächste Sterbliche sei Euer, aber schenkt diesem hier sein Leben.«

Er versucht mich einzuschüchtern, stößt ein grollendes Knurren aus. Wissen Sie, er denkt nicht daran, auf meinen Vorschlag einzugehen. Ich solle mich zurückziehen, sagt er. Dies sei seine letzte Warnung.

Alsbald werden wir halten. Ein Scharmützel zu beginnen, wird er nicht wagen. Zu groß ist die Gefahr, entdeckt zu werden. Ist dies mein Vorteil? Kann ich den Menschen mit diesem Trick retten? Meine Fangzähne wachsen, drängen zum Kampf ...

»Ich werde, nein, ich *kann* Euch nicht lassen, ehrwürdiger Alter. Die Sterblichen sind mehr als nur unsere Nahrung. Sie sind denkende und fühlende Wesen wie wir und wir haben nicht das Recht, sie ... AAAAARGH!«

Sorokin ließ den Streifen sinken.

»Ende?«

»Nein, aber ...«, er brach ab, schaute verwirrt auf die Punkte und Striche, suchte nach Worten. »Ich weiß nicht, was das heißen soll«, begann er schließlich. Sein Blick huschte im Waggon umher, blieben schließlich an dem Schaffner hängen. »Sagen Sie es uns. Was ist geschehen?«

»Schauen Sie sich um, wonach sieht es aus?«, erwiderte dieser mit weinerlicher Stimme. »Es kam zum Kampf! Die beiden gingen wie Tiere aufeinander los, waren bald am Boden, dann an den Wänden, hingen wie wild gewordene Fledermäuse unterm Dach. Das Mobiliar und die heißen Ziegelsteine zischten wie von selbst durch die Lüfte. Sehen Sie, eine Spiegelscherbe steckt noch im Fensterglas.« Zitternd zog er sie heraus und hielt sie hoch.

»Warum haben Sie uns nicht gleich davon erzählt?«, polterte Kosloff.

»Sie hätten mir niemals geglaubt!«, plärrte der Schaffner los. »Wie klingt das denn: Ich wurde von einem Vampir ausgesaugt und dann kam noch einer und zusammen haben sie unseren besten Wagen zertrümmert, bis schließlich der eine den anderen besiegte und ihn leblos liegen ließ. Hätte ich Ihnen *das* etwa erzählen sollen? Ich habe sie gerufen und bin geblieben, was hätten Sie getan?« Er schlug sich die Hände vors Gesicht und begann zu heulen wie ein kleines Mädchen.

Kosloff schnaubte, machte eine wegwerfende Geste. »Was steht da noch, Jakow? Ich sehe so viele Zeichen. Lies.«

Der Jüngere schaute seinen Kollegen ungläubig an, gehorchte aber.

Es dauerte eine ganze Weile, Sorokin wühlte, las, schüttelte den Kopf, suchte weiter.

Hin und wieder unterbrach das dröhnende Tuten der Eisenbahn das hohe Wimmern des Schaffners. Der Wagen ratterte über die Gleise, das Licht der Lampen flackerte dazu und dichter Qualm zog durch das Loch im Fenster herein.

»Ah, hier geht's weiter«, rief Sorokin schließlich aus. »Das muss der Alte sein:

»Wo bist du nur hin, mein hübscher Uniformmann? ... Hast Glück gehabt. Wir laufen in den Bahnhof ein. Ich muss dich verlassen.«

»Er hat mit Ihnen geredet?«, fuhr Kosloff den Schaffner an. »Jetzt mal raus mit der Wahrheit, Mann!«

»Ich hab mich versteckt«, gab der Pockennarbige kleinlaut zu. »Mein Leben war in Gefahr, Sie haben es doch selber gelesen!«

»Vasilii«, rief Sorokin dazwischen. »Hier steht noch etwas! *Der ist ja fast noch ein Knabe!* Das sind doch deine Worte! Das heißt, der

Morseograph zeichnet noch immer auf ...«

»... und das bedeutet, dass unser Toter nicht tot sein kann, denn er steuert dieses Dingsda mit seinen Gedanken, richtig?«, beendete Kosloff den Satz.

Beide drehten sich wie auf Kommando um.

»Wo ist er hin?«

Sie blickten einander an. Sorokin durchwühlte den Papierberg. Nichts.

»Wie bitte?«, fragte der Schaffner. Frischen Mutes erhob er sich und wankte auf die Gendarmen zu. »Der ist ja weg!«

»Messerscharf erkannt«, brummte Kosloff.

»Hervorragend«, knurrte sein Kollege. »Der Tote ist fort und wir haben eine Geschichte, die uns kein Mensch glaubt. Was machen wir jetzt?«

Sie blickten einander fragend an.

»Ohne Leiche gibt es nichts aufzuklären, oder?«, sagte Kosloff.

»Und warum sitzen wir noch hier herum?«

»Weil es verboten ist, während der Fahrt den Waggon zu verlassen«, erwiderte der Schaffner spröde.

Die Gendarmen verdrehten die Augen.

Mit langen Fingern griff sich der Uniformierte in die Weste und zog ein Taschenchronometer hervor. Sorokin betrachtete das Präzisionsgerät interessiert und verglich es mit seinem eigenen. »Allerdings erreichen wir in wenigen Minuten den nächsten Bahnhof. Aufenthalt zwanzig Minuten.«

»Genau richtig für ein Mitternachtspicknick«, stellte Kosloff zufrieden fest.

Die Eisenbahn kam schnaufend im Bahnhof von Okulowka zum Stehen, die Reisenden stiegen aus, liefen umher, vertrieben sich die Zeit.

Kosloff und Sorokin kamen erst knapp vor der Abfahrt zurück. Sie zitterten und fühlten sich schwach. Sorokin vermisste sein Präzisionswerkzeug, die heißgeliebte Perkussionsschlossfeuerwaffe und seinen Chronometer. Er fühlte sich vollkommen ausgelaugt und ausgeraubt. An die vergangenen zwanzig Minuten fehlte den beiden jede Erinnerung – und auf ihrer ungewöhnlich blassen Haut zeigten sich an Masern erinnernde Flecken ...

R.S.Ø.C.

Hendrik Lambertus

Die Abendsonne spiegelte sich rot in den 352 Panorama-Fenstern der *Crystal Palace*. Die gewaltige Kraft von vier 120 Fuß langen Rotoren trieb das Luftschiff hoheitsvoll über den Dächern von London dahin. Seine sieben Decks waren zusammen höher als der Palace of Westminster. Allein das elektrische Licht in allen Räumen verbrauchte stündlich etwa so viel Energie wie drei der riesigen Maschinenfabriken von Manchester.

Lieutenant Arthur McCrimmon ließ die Broschüre mit den technischen Daten und großspurigen Vergleichen sinken. Er hatte fürs Erste genug über das Glanzstück der großen Weltausstellung gelesen. Stattdessen schaute er aus dem Fenster des Panorama-Decks. Die *Crystal Palace* folgte dem Lauf der Themse. Zur Linken zog die Kuppel von St. Pauls vorüber, weiter flussabwärts ragten die mächtigen Werfttürme von Canary Wharf auf. Kleinere Luftschiffe starteten ständig von dort oder hielten zur Landung auf die Türme zu. Die Werften waren das stählerne Herz des Empires. In ihren Docks wurden all jene Himmelskorvetten und Wolkenfregatten ausgerüstet, die die Vormachtstellung Britanniens mit surrenden Rotoren in alle Welt hinaustrugen, vom Kap bis nach Hinterindien.

McCrimmon warf einen Blick auf seine Taschenuhr. Drei Minuten nach sieben. Langsam musste dieser Captain Williams doch auftauchen. Er schaute sich ungeduldig um. Das Panorama-Deck war menschenleer. Alle Besucher der Weltausstellung drängten sich heute unten auf der Hauptpromenade des Luftschiffes, wo die Königin und der Prinzgemahl persönlich einem russischen Großfürsten die Wunder britischer Technik präsentierten. Sollten sie sich drängen. McCrimmon musste ohnehin größte Diskretion walten lassen, darauf hatte man in dem Einladungsschreiben bestanden. Er trug noch nicht einmal seine Ausgehuniform, sondern lediglich einen schlichten schwarzen Anzug.

Mit einem dezenten Glockenton öffnete sich die Tür eines Aufzugs. McCrimmon drehte sich um. Das musste Williams sein.

Heraus kam eine Frau. Sie war nicht viel älter als 30 und trug ein praktisch geschnittenes, eng anliegendes Kostüm, das eher zu einem Jagdausflug als zum Besuch einer Weltausstellung gepasst hätte. Ihr tiefschwarzes Haar wurde von einem Haarnetz gebändigt und bildete einen scharfen Kontrast zum schneeweißen Teint ihrer Haut.

McCrimmon nickte der Dame knapp zu und vertiefte sich dann stirnrunzelnd in seine Broschüre. Dass sie gerade jetzt hier oben die Aussicht genießen musste, war ungünstig. Sein Treffen mit Captain Williams durfte nicht belauscht werden. Vielleicht sollte er direkt bei den Aufzügen warten und Williams gleich zur Seite winken, sobald er sich endlich zeigte ...

»Lieutenant Arthur McCrimmon?«

Die Frau sprach mit einer dunklen, leicht rauchigen Stimme.

»Ja, ganz recht«, antwortete McCrimmon automatisch. Er blinzelte in ihre kleinen Vogelaugen, die ihn aus der Nähe beunruhigend intensiv anblickten. Kannte sie ihn irgendwoher? Aber dieses Gesicht hätte er sich bestimmt gemerkt!

»Captain Catharine Williams vom *Royal Special Operation Corps*.«

Sie zog eine silberglänzende Dienstmarke aus ihrem Täschchen. Die Marke zeigte einen Wappenschild, auf dem ein schlanker Frauenarm aus einer Wasserfläche erwuchs und ein Schwert in die Luft reckte, darunter die Buchstaben *R.S.O.C.* McCrimmon starrte sie entgeistert an.

»Sie ... sind eine Frau«, stammelte er betreten.

»Ich bewundere Ihre Auffassungsgabe, Lieutenant. Offensichtlich hat man Sie unserer Abteilung mit Recht empfohlen.«

»*Sie* sind Captain Williams?« McCrimmon räusperte sich verlegen. »Oder vielleicht ... seine Gattin?« Die Dame seufzte leise.

»Hören Sie, McCrimmon. Ich führe dieses Gespräch nicht zum ersten Mal. Bitte lassen Sie es mich kurz machen. Ja, ich bin Captain Williams. Ihre künftige Vorgesetzte. Das heißt, wenn Sie wirklich zu den *Special Operations* versetzt werden. Bei uns zählen einzig gewisse besondere Fähigkeiten. Alles andere spielt keine Rolle. Wir haben Inder und Iren in unseren Reihen, Söhne von Werftarbeitern und Lords, Männer und Frauen. Beunruhigt Sie diese Vorstellung, Lieutenant?«

McCrimmon senkte den Blick.

»Ja ... Das heißt, nein. Nein, Sir. Ma'am. Als ich die Einladung bekam, wusste ich, dass es speziell werden würde. Es gibt in der Armee Gerüchte über Ihre Abteilung. Aber *so* speziell ...« Er zuckte hilflos mit den Schultern.

»Gewöhnen Sie sich daran. Verunsicherung gehört ab jetzt zu Ihren alltäglichen Erfahrungen. Nun denn. Sind Sie einsatzbereit, Lieutenant?«

McCrimmon schaute an sich herab. Ihm war unbehaglich – er war noch nicht einmal bewaffnet.

»Ich hatte mit einer geheimen Dienstbesprechung bezüglich meiner Versetzung gerechnet, Ma'am. Auf einen ernsthaften Einsatz bin ich nicht vorbereitet.«

Captain Williams lächelte schmallippig.

»Auch daran sollten Sie sich gewöhnen. Beim *R.S.O.C.* sind Sie immer im Einsatz. Wir sind kein Debattierclub. Ich werde mir heute ein Bild von Ihren Fähigkeiten unter realen Bedingungen machen. Ihre mögliche Versetzung wird sich einzig auf dieser Grundlage entscheiden. Ihre Akte ist jedenfalls vielversprechend. Vor allem dieser gewisse Vorfall in Indien.«

McCrimmon bemühte sich, aufgeräumt und einsatzbereit auszusehen. Hinter seiner Stirn war alles weitaus weniger klar. Für einen Moment spürte er wieder das kalte Wasser des Tempelbeckens um sich herum. Die drei fanatischen Kultisten, die sich mit ihren gekrümmten Kris-Messern auf ihn stürzten. Die Gewissheit, dass er jetzt sterben würde, ertrunken oder verblutet, ohne das kleine Dorf in Bihar vor den Fanatikern gerettet zu haben. Er wusste bis heute nicht, wie er den gnadenlosen Kampf unter Wasser gegen mehrere Gegner überlebt hatte. Es war einfach so. Zum Schluss war nur er wieder aus dem Wasser gekommen und niemand sonst. Sergeant Carter hatte fest behauptet, dass er bestimmt für zehn Minuten abgetaucht gewesen war. Das war natürlich Unfug. Aber irgendetwas hatte ihn überleben lassen. Und ihm ein Einladungsschreiben des *Royal Special Operation Corps* eingebracht.

»Lieutenant McCrimmon?«

Captain Williams musterte ihn eingehend.

»Pardon, Ma'am. Ich war in Gedanken.«

Sie verzichtete auf einen Kommentar. Stattdessen griff sie wieder in ihr Täschchen und reichte ihm einen kleinen, schweren Gegenstand.

»Die werden sie brauchen.«

Es war eine Pistole. Ihr Lauf glänzte in warmen Bronzetönen und war von einem Gewirr aus Röhren und Kabeln umflochten. Ein großer Drehknopf mit den römischen Ziffern I, II und III stach daraus hervor. Das Zeichen des Frauenarms mit dem Schwert verriet, dass die Waffe exklusiv für die *Special Operations* gefertigt worden war. McCrimmon betrachtete sie fasziniert.

»Modus I verschießt galvanische Blitze, die die Muskeln lähmen«, referierte Williams. »Modus II feuert Silbermantelgeschosse mit Weihwasserfüllung ab. Modus III klappt das Bajonett aus. Die Klinge ist aus kaltgeschmiedetem Eisen.«

»Eine ungewöhnliche Konfiguration. Dürfte ich fragen ...«

»Nein. Betrachten Sie gewisse Erfahrungen als Teil des Tests. Außerdem werden Sie das hier benötigen.«

Sie drückte ihm einen Silber-Anhänger an einer Lederschnur in die Hand. Er zeigte einen grinsenden Totenschädel.

»Starren Sie ihn nicht an, tragen Sie ihn.« Williams eilte schon zu den Aufzügen. McCrimmon warf einen letzten Blick aus dem Panorama-Fenster. Blutrotes Abendlicht ergoss sich über den White Tower. Dann stopfte er die Pistole in seine Anzuginnentasche, legte sich die Lederschnur um den Hals und folgte Captain Williams kopfschüttelnd.

Der Aufzug brachte sie leise summend nach unten, in Richtung Hauptdeck. Während der Zeiger über die Nummern der Decks wanderte, zog Williams einen Umschlag hervor.

»Hier ist ein Kommuniqué von N., das unsere heutigen Missionsziele umreißt.«

»N.?«

»Der leitende Offizier des *R.S.O.C.* Es bleibt keine Zeit mehr, Sie alles selber lesen zu lassen. Also werde ich Sie kurz einweisen.«

»Sie haben meine volle Aufmerksamkeit, Ma'am.«

»Jemand hat es auf den Großfürsten abgesehen, der heute der besondere Gast der Weltausstellung ist. Unser Beobachter im Zarenreich berichtet, dass gewisse Kräfte in Russland gierig auf den kranken Mann am Bosporus blicken.«

»Das Osmanische Reich.«

»Exakt. In seinem angeschlagenen Zustand wäre es eine leichte Beute für eine russische Invasion. Für manche Kreise Grund genug, laut mit dem Säbel zu rasseln. Der Großfürst vertritt hingegen eine ausgleichende Position und hält nichts von Kriegshetzerei. Er wird vom Zaren gehört. Offensichtlich soll er deshalb beseitigt werden. Ein Attentat im Herzen des Empires könnte einen Skandal auslösen, der das Gleichgewicht der Kräfte in Europa erschüttern und den Kriegstreibern in die Hände spielen würde.«

McCrimmon befingerte unsicher seine Waffe.

»Das sind weitreichende Dimensionen. Gewiss sind alle Sicherheitskräfte im Umfeld des Königshauses informiert?«

»Selbstverständlich. Und sie machen ihre Arbeit gut. Unsere Aufgabe ist es, Bedrohungen abzudecken, gegen die man ohne spezielle Fähigkeiten machtlos ist.«

»Ich denke, ich verstehe nicht ganz ...«

»Das tun Sie allerdings nicht. Wir sind da.«

Die Gittertür des Aufzugs öffnete sich. Sie traten auf das Ausstellungsdeck II der *Crystal Palace* hinaus, eine Ebene unterhalb der Hauptpromenade, wo der Empfang zu Ehren des Großfürsten stattfand. Hier unten war kaum etwas los. Hin und wieder eilten Dienstboten zwischen den Ausstellungspavillons herum. Die Besucher schienen sich komplett oben auf der Promenade zu sammeln.

»Wo genau gehen wir eigentlich hin?«, fragte McCrimmon, während er mit großen Schritten neben Williams hereilte.

»Wir haben vor Kurzem Informationen erhalten, dass man auf diesem Deck einen Attentäter eingeschleust hat. Dort drüben ist es.«

Sie zeigte zum hinteren Ende der Ausstellungshalle, wo es noch stiller war als in der Nähe der Aufzugschächte. Ihr Ziel war ein stahlgrauer Pavillon, der von bunt glasierten Zwiebeldächern gekrönt war. Eine Inschrift über dem Hauptportal verkündete, dass hier Transsilvanien seine Errungenschaften präsentierte. Eine rote Kordel vor den verschlossenen Toren machte nicht weniger deutlich klar, dass der Pavillon heute für Besucher nicht zugänglich war.

»Es gibt einen Dienstboteneingang.«

Sie umrundeten den Pavillon und gelangten so in einen Nebengang, der nur schlecht von den allgegenwärtigen elektrischen Deckenlampen ausgeleuchtet wurde. Im Hintergrund war das Surren der gewaltigen Heckrotoren des Luftschiffes zu hören, die hier ganz in der Nähe sein mussten.

»Achten Sie darauf, ob jemand kommt.«

Captain Williams machte sich am Seiteneingang des transsilvanischen Pavillons zu schaffen: eine feste Stahltür, deren Schmucklosigkeit besser als tausend Worte sagte, dass hier niemand etwas zu suchen hatte. Williams holte einen mechanischen Dietrich aus ihrem Täschchen hervor und steckte sein dünnes Antennenende in das Schloss. Mit einem leisen Zirpen passte es sich der Form des Zylinders an, während McCrimmon an der Gangmündung stand und die Umgebung im Auge behielt. Schließlich gab die Stahltür ein befriedigendes Klicken von sich.

»Wir können eintreten. Halten Sie Ihre Waffe bereit.«

Hinter der Tür befand sich ein Lagerraum. In hohen Regalen türmten sich hier Kisten, Schachteln und Werkzeuge. Das meiste davon war banal: Besen und Kehrschaufel, Putzeimer, Ersatzteile für die Haustechnik. In der Ecke schnaufte ein Dampfkessel vor sich hin, der die diversen Apparaturen des Pavillons am Leben erhielt. Am interessantesten war das Fenster des Raumes. Es war deutlich kleiner als die Panorama-Scheiben der Besucherdecks und schaute nach hinten, sodass man einen direkten Blick auf die vier Heckrotoren der *Crystal Palace* hatte. Die technischen Wunderwerke wurden von eigenen Scheinwerfern angestrahlt, während über den Dächern von London schon abendliche Dunkelheit lag.

Captain Williams näherte sich vorsichtig der Tür, die tiefer ins Innere des Pavillons führte. McCrimmon ließ den Blick vom Fenster auf eine große, längliche Holzkiste sinken, die darunter aufgebockt war.

»Bodenproben für experimentelle Zwecke vom Borgo-Pass aus den Ostkarpaten«, murmelte er, während er die Aufschrift der Kiste las. »Transsilvanien scheint nicht viel Spannendes für die Ausstellung zu bieten zu haben.«

»Was sagen Sie, Lieutenant?« Williams war plötzlich an seiner Seite. Ihre schwarzen Augen blitzten alarmiert. »Öffnen Sie die Kiste!«

McCrimmon warf ihr einen fragenden Seitenblick zu. Es schien ihr ernst zu sein. Er steckte seine Waffe ein und stemmte den schweren Holzdeckel mit beiden Armen auf. Ein hässliches Knarren ließ sich nicht vermeiden, aber er beachtete es kaum. Die Kiste war tatsächlich mit Erde gefüllt. Allerdings nahm sie den Innenraum nur etwa zur Hälfte ein. Auf die Erde war ein menschliches Skelett gebettet. Alte, bräunlich-morsche Knochen. Die Halswirbel endeten im Nichts, ohne Kopf. Der Schädel war zwischen den Beinknochen direkt unterhalb des Beckens deponiert, der Unterkiefer zu einem breiten Grinsen geöffnet. In die Rippen des Brustkorbs war ein massiver Holzpflock gebohrt, in den orthodoxe Kreuze und andere Symbole geschnitzt waren, die McCrimmon nicht kannte.

»Scheint eher ein archäologisches Ausstellungsstück zu sein«, flüsterte er heiser. Er wurde das Gefühl nicht los, dass die leeren Augenhöhlen des falsch platzierten Schädels jeder seiner Bewegungen folgten. Misstrauisch beugte er sich weiter vor.

»Zurück!« Captain Williams umfasste hart sein Handgelenk. Ihre kräftigen Finger waren kalt.

»Darf ich den Herrschaften eine Führung anbieten?«

Die Stimme kam von hinten. Unbemerkt hatte sich die innere Tür geöffnet. McCrimmon und Williams fuhren herum. In der Tür stand ein stämmiger Mann mit schwarzkrausem Lockenhaar. Er trug die rot-weiße Fantasie-Uniform der transsilvanischen Pavillondiener. Sein unrasiertes Gesicht mit der breiten Narbe über dem rechten Auge drückte jedoch keinerlei dienstbeflissene Unterwürfigkeit aus. Im Gegenteil, der Kerl grinste selbstzufrieden. Das war wohl auf den Gegenstand in seinen schwarz behaarten Prankenhänden zurückzuführen: eine mechanische Bolzenschuss-Flinte mit rotierendem Lauf. Ein älteres Modell aus den Arsenalen des Zarenreichs, aber immer noch wunderbar dazu geeignet, einen Menschen mit Dutzenden fingerlangen Stahlgeschossen an die Wand zu nageln.

»Guten Tag«, grüßte Captain Williams steif und ignorierte die Waffe. »Sonderkontrolle im Auftrag des Innenministeriums, anlässlich des heutigen Staatsbesuchs. Ihren Namen, bitte?«

»Sparen Sie sich den Unsinn«, knurrte der Lockenkopf und fixierte Williams kalt. McCrimmon wusste, wie man eine Chance nutzte. Er zog seine Pistole und feuerte, eine fließende Bewegung. Modus I. Blaue Galvani-Blitze knisterten wie Schlangen aus Licht durch den Raum. Williams trat einen Schritt beiseite. Die Blitze umhüllten den Körper des Transsilvaniers, tanzten zuckend über seine Glieder. Er sackte auf die Knie, die Flinte klapperte zu Boden. Ein galvanischer Stoß aus einer guten Waffe ließ selbst einen ausgewachsenen Ochsen kollabieren.

Stöhnend kämpfte sich der Transsilvanier auf die Beine, während seine Hände nach der Flinte tasteten. Noch immer huschten blaue Funken über seine Locken. McCrimmon starrte ihn ungläubig an. Der Kerl musste gewaltige Kräfte haben! Nun gut. Die hatte seine Pistole auch. Er drückte den Abzug durch. Eine weitere Flut von Blitzen ergoss sich über sein Ziel. Der Lockenkopf krachte bäuchlings zu Boden. Er hob mühsam den Kopf. In seinem Blick loderte kalter Zorn. Wie Glut, die unter Asche aufglimmt. Dann veränderten sich seine Augen. Sie wurden bernsteingelb, verzogen sich schlitzförmig. Das buschige Haar seiner Brauen wucherte über sein ganzes Gesicht. Seine Züge wurden länglicher, schnauzenförmig. Der Mund wurde breiter, wurde zum Maul, ließ spitze Zähne aufblitzen. Und die ganze Zeit der Blick dieser bohrenden Bernsteinaugen.

Heulend sprang die Bestie McCrimmon an. Er hatte geschmeidige Soldatenreflexe, auf Schlachtfeldern im ganzen Empire erprobt. Doch der Wolfsmann war schnell. Schneller, als ein Wesen aus Fleisch und Blut sein durfte. Es war plötzlich über McCrimmon und stieß ihn mit voller Wucht nach hinten, gegen die Holzkiste mit dem Skelett. Ein Hieb mit einer behaarten Tatze und die Pistole flog nutzlos durch den Raum. Erst dann kam McCrimmon zum Luftholen. Die zweite Tatze fuhr auf ihn hernieder, riss seinen Anzug auf und hinterließ vier blutige Striemen auf seiner Brust. Der Wolfsmann heulte wieder auf, diesmal triumphierend.

McCrimmon schaute sich nach Captain Williams um. Sie stand abseits und löste gerade sorgfältig ihr Haarnetz. Er musste handeln. Er warf sich mit aller Kraft nach vorn und versuchte, die Bestie von sich wegzustoßen. Es war, als wäre er gegen eine pelzige Mauer gerannt. Der Wolfsmann taumelte nicht einmal. Er packte McCrimmon bei den Haaren und bog seinen Kopf zurück, legte seine Kehle frei.

Das Wolfsmaul verzog sich zu einem höhnischen Grinsen, ehe es seine Fleischermesserzähne zeigte. Verzweifelt trat McCrimmon dorthin, wo auch ein Wolfsmann empfindlich sein musste. Die Bestie war unbeeindruckt. Das zahnbewehrte Maul kam mit genüsslicher Langsamkeit näher.

Dann hörte McCrimmon die Melodie. Es war ein trauriger Singsang, der halb ein Lied und halb ein Weinen war. Vorgetragen von einer einsamen Frauenstimme, weich wie Samt und kalt wie Marmor. Vielleicht hallte es aus der Tiefe eines Gewölbes, vielleicht durch die Nebel eines Hochmoors oder über die Grabsteine eines Kirchhofs. McCrimmon konnte die Worte nicht verstehen, doch er spürte, dass sie alt waren und von jenen erzählten, die gegangen waren. Und jene riefen, die ihnen bald folgen würden. Er verdrehte den Kopf, um Captain Williams besser sehen zu können.

Catharine Williams' blasses Gesicht wurde von langem, offenem Rabenhaar umkränzt. Ihre Lippen bewegten sich kaum beim Singen, in ihren schwarzen Augen schimmerten Tränen. Ihre Züge waren alterslos. Sie war zugleich ein Kind und ein blühendes Mädchen, eine reife Frau und eine zahnlose Greisin.

McCrimmon bemerkte erst nach einigen Sekunden, dass der finale Angriff des Wolfsmannes ausblieb. Er wandte sich wieder seinem Gegner zu. Auch der Wolfsmann starrte die bleiche, singende Frau an. Er hatte den haarigen Kopf schiefgelegt, als ob er aufmerksam ihrem Lied lauschen würde. Gleichzeitig lag stummer Widerwille in seinen Bernsteinaugen, seine Muskeln waren krampfhaft angespannt. Er kämpfte mit sich selbst. Immer wieder zuckte eine behaarte Klaue in Richtung auf Williams vor, um dann wieder gesenkt zu werden, als wollte der Wolfsmann sich gleich auf dem Boden zusammenrollen. McCrimmon starrte die Kreatur fasziniert an.

Dann raffte er sich auf. Er griff nach der einzigen Waffe in Reichweite. Der Holzpflock steckte ziemlich fest zwischen den Rippen des Skeletts, doch er lag gut in der Hand, nachdem McCrimmon ihn erst einmal herausgezogen hatte. Der Wolfsmann machte einen Schritt auf Captain Williams zu. McCrimmon holte aus und stieß ihm den Pflock in die Kehle. Mit einem gurgelnden Knurren brach der Wolfsmann zusammen. Seine Klauen zuckten wild durch die Luft, als er im Todeskampf herumstolperte. McCrimmon versetzte ihm einen Stoß. Der Wolfsmann prallte gegen die Kiste mit dem Skelett und blieb ausgestreckt darüber liegen. Ein rascher Blick verriet, dass er wirklich tot war. Die grimmige Wut in seinen Augen war erloschen. Ein tiefroter Strom ergoss sich aus seinem Hals und benetzte die transsilvanische Erde, das Skelett und den Schädel.

»Was war das?«, keuchte McCrimmon.

Captain Williams hatte aufgehört zu singen. Sie war nicht mehr zugleich Kind und Greisin, wirkte nicht mehr alterslos. Dennoch klang ihre Stimme seltsam unbeteiligt als sie antwortete: »Ein Wrukolakas.«

»Ma'am?«

»Ein Wolfsmensch aus Südosteuropa. Stark und zäh.«

Williams schaute abwesend durch McCrimmon hindurch, während sie ihr schwarzes Haar wieder grob unter das Netz stopfte. McCrimmon straffte sich. Er verstand noch immer nicht, was hier beim *R.S.O.C.* eigentlich vor sich ging. Aber er fühlte sich so lebendig, wie es nur der nahe Tod bewirken konnte.

»Wir waren zäher, Ma'am. Die Gefahr ist gebannt.«

Captain Williams schaute auf McCrimmon, den toten Wrukolakas, das Skelett in der Kiste. Ihre Augen weiteten sich.

»Was haben Sie getan, Lieutenant?!«

Lag da ein Hauch von Panik in ihrer Stimme?

»Ihnen das Leben gerettet, Ma'am.«

»Sie haben ihn mit Blut gespeist!«

»Wen soll ich ...«

»Zurück!«

Sie packte ihn an der Schulter und riss ihn von der Leiche, die über der Kiste hing, fort. Mit einem morschen Klappern richtete das Skelett seinen Oberkörper auf. Für einen Moment ragte der Torso kopflos aus der Kiste empor. Dann griffen die Knochenarme nach dem Schädel und setzten ihn knirschend auf den Halsansatz. Blut klebte an seinem Kiefer. Die oberen Eckzähne waren zu spitzen Fängen verlängert. War das eben auch schon ...

McCrimmon blieb keine Zeit, den Gedanken zu Ende zu führen. Das Skelett erhob sich aus der Kiste. Schwarze Augenhöhlen richteten sich auf McCrimmon. Der Knochenmann reckte seine Glieder, wie nach

langem Schlaf. Sein Umriss verschwamm, flimmerte wie hinter einem Hitzeschleier. Die Knochen wurden von fahlem Fleisch überlagert, verschwanden unter bleicher Haut. Wo eben noch ein Gerippe aufgeragt hatte, stand nun ein hagerer Mann. Unter seiner nackten, ledrigen Haut zeichnete sich jede einzelne Rippe des Brustkorbs ab. Sein Kopf war völlig haarlos, mit eingefallenen Wangen und kleinen, starrenden Augen. Aus seinem blutverschmierten Mund ragten die Spitzen seiner Fangzähne, seine Ohren waren ausgefranst wie bei einer Fledermaus.

»Nosferatu«, murmelte Williams. Es klang resigniert.

»Wie unschicklich«, sprach der Fremde mit heiserer Stimme und vollführte eine lockende Geste mit seinen Greiffingern. Aus der dunklen Ecke hinter dem Dampfkessel kam ein Hauch von Schatten geflogen. Der Fremde strich ihn sorgfältig glatt, ehe er den Schatten als schwarzen Umhang um seine Schultern legte. Dann schaute er sich um.

»Dies ist also die vielgerühmte *Crystal Palace*, der Stolz des britannischen Imperiums. Ich gebe zu, ich bin enttäuscht. Hättet Ihr wohl die Güte, mich herumzuführen?«

Er wandte sich mit gebieterischer Gelassenheit an McCrimmon. Dieser spürte, wie sein Fuß zuckte, ihn dazu drängte, einen Schritt in Richtung des Fremden zu machen. Und noch einen, und noch einen.

»Lass ab von ihm!«, bellte Captain Williams energisch. Sie hatte eine Waffe aus ihrem Täschchen gezogen. Ein handlicher Phosphor-Speier, dessen Mündung als brüllender Drachenkopf gestaltet war. Das hochbrennbare Gemisch in seinem Glasmagazin brodelte unheilvoll.

»Vielleicht sollte ich mich in der Tat erst um Euch kümmern, meine Hübsche«, murmelte der Fremde. Dann glitt er fließend auf Williams zu. Der Phosphor-Speier stieß weißglühende Flammen aus, doch der Körper des Fremden hatte sich bereits in schwarzen Nebel aufgelöst. Er umfloss Captain Williams als schattenhafter Wirbel und setzte sich hinter ihrem Rücken wieder zur bleichen Gestalt des Fremden zusammen.

»Welch reizender Aperitif«, sprach er, während er Williams den Phosphor-Speier fast zärtlich aus den Fingern nahm. Sie ließ es mit glasigem Blick geschehen. »Danach der Großfürst und zum Dessert vielleicht noch die Königin.«

Williams bäumte sich plötzlich auf. Der Fremde hielt sie ungerührt fest und schlug seine Fangzähne in ihren Hals. Sobald sein Blick sich dabei senkte, löste sich eine eiserne Klammer von McCrimmons Herz. Er gehörte wieder sich selbst, konnte endlich handeln!

Ohne nachzudenken, griff er nach der Pistole, die neben dem toten Wolfsmann auf dem Boden lag. Seine Finger fanden den Drehknopf. Modus II. Silbermantel-Geschosse mit Weihwasserfüllung. McCrimmon zielte und drückte ab. Dreimal nacheinander. Silberkugeln schlugen in die Schulter, den Arm und die Stirn des Fremden ein. Bleiches Fleisch explodierte. Frisches Blut spritzte darunter hervor, als hätte man einen fetten Egel angestochen. Der Fremde ließ Williams' zitternden Körper zu Boden sinken.

»Das hättet Ihr nicht tun sollen.« Entsetzt beobachtete McCrimmon, wie sich das schwarze Loch in der Stirn des Fremden langsam wieder schloss, während dieser gelassen auf ihn zuging.

»Bleiben Sie stehen!«

Er schoss wieder und wieder. Der Fremde zuckte zusammen, als die Kugeln in seinen Körper einschlugen. Doch er hielt nicht an, ehe seine kalten Finger an McCrimmons Hals lagen.

»Und nun gehen wir endlich die Führung an«, zischte er mit leiser Wut. »Vielleicht beginnen wir mit jenen rotierenden Wunderwerken der Technik dort draußen?«

McCrimmon wurde herumgewirbelt, als der Fremde, die Hand immer noch an seiner Kehle, mit ihm rasend schnell durch den Raum glitt. Sie durchschlugen splitternd das Außenfenster und flogen in die kalte Nachtluft hinaus. Das Dröhnen der Rotoren war hier draußen unerträglich laut, die mächtige Ballonhülle des Luftschiffes knarrte im Abendwind. Tief unter McCrimmons Füßen spiegelten sich die winzigen Leuchtpunkte von Gaslaternen im schwarzen Wasser der Themse.

»Ein erhabener Ausblick, nicht wahr?«, flüsterte der Fremde. Er schwebte mühelos in der Luft, als würden ihn unsichtbare Marionettenfäden tragen, eine fleischgewordene Unnatürlichkeit. »Möchtet Ihr vielleicht noch ein letztes Diktum von Euch geben, ehe ich Euch in die ewige Schwärze schleudere, die für solch eine niedere Kreatur zweifelsohne eine Verbesserung darstellt?«

McCrimmon straffte sich. »Nur zwei Worte«, presste er unter dem eisigen Griff des Fremden hervor. »Modus III.« Kaltgeschmiedetes Eisen. Seine Finger drehten den Knopf der Waffe, die er noch immer krampfhaft umklammert hielt. Die Bajonett-Klinge fuhr schnappend aus. Beiläufig bemerkte McCrimmon, dass ein verschnörkeltes Kreuz auf ihr Metall geätzt war. Er stieß das Bajonett bis zum Anschlag in die Brust des Fremden.

Ein wütendes Kreischen zerfetzte die Nacht. Dann ging es im freien Fall abwärts. Der Weg bis zum Aufprall war erstaunlich weit. McCrimmon blieb Zeit, zu realisieren, dass er nun sterben würde, dass der Fremde mit ihm fiel, dass das *R.S.O.C.* vielleicht doch nicht die richtige Abteilung für ihn war. Einmal konnte er einen Blick auf die *Crystal Palace* erhaschen, die wie ein prachtvoll illuminierter Kronleuchter über den Abendhimmel zog. Ein würdiger letzter Anblick. Dann schlug kaltes Themsewasser über seinem Kopf zusammen.

Und er war nicht tot. Sein Körper schien regelrecht zerrissen zu werden, gewaltsam seine Form zu verändern. Aber er war nicht tot. Er taumelte durchs Wasser und brauchte noch nicht einmal zu atmen. Plötzlich konnte er sogar klar sehen, die Fluten mit seinem Blick durchdringen. Er sah den Nosferatu, der direkt auf ihn zugeschossen kam, das Gesicht zu einer wilden Fratze verzerrt. Seine Klinge hatte ihn nicht vernichtet. Nur furchtbar wütend gemacht. McCrimmon stellte sich auf einen letzten Kampf ein. Selbst die Kälte des Wassers war nun nicht mehr unangenehm, sondern lag wie ein weicher Mantel um ihn herum.

Und plötzlich war McCrimmon wieder in jenem Tempelbecken in Indien, wo er unter Wasser gegen die drei Kultisten gekämpft hatte. Sein Körper reagierte ganz von selbst, wich dem Fremden aus, fuhr die Reißklauen an seinen Händen aus. Der Rest war Raserei.

»Lieutenant?«

Eine leise Stimme durchdrang die Schwärze. McCrimmon hörte ihren fernen Widerhall. Er kämpfte sich durch die Fluten voran, nach oben, dem Licht entgegen. Das Wasser zog schwer an ihm, saugte ihn ins Dunkel zurück.

»Lieutenant!«

Das war keine Frage, das war ein Befehl. McCrimmon schlug die Augen auf. Er war nicht mehr im Wasser. Er lag auf hartem, kaltem Untergrund. Seine Kleidung war nass.

»Na also.«

Ein bleiches Gesicht erschien über ihm. Einen Herzschlag lang glaubte er, der Fremde würde auf ihn herabstarren. Dann erkannte er Captain Williams. Ihr schwarzes Haar war wirr und offen. Sie sah abgekämpft aus, doch um ihre Mundwinkel spielte ein Lächeln.

»Wie ... wo ...«

McCrimmon richtete sich vorsichtig auf, um sich umzuschauen. Über ihm ragten mächtige Türme in den Nachthimmel, zwischen denen im Licht von Scheinwerfern Luftschiffe der königlichen Flotte beladen wurden. In der Nähe platschten Wellen gegen eine Ufermauer. Er musste irgendwo bei den Himmelswerften von Canary Wharf am Themse-Ufer liegen. Von der *Crystal Palace* war nichts zu sehen.

»Wo ist er?«, fragte er.

»Der Nosferatu? Nicht mehr auf dieser Welt. Endlich. Sie müssen ihn regelrecht zerrissen haben.«

»Aber wie habe ich ...«

»Sie haben Ihre besonderen Fähigkeiten bewiesen. Ihrer Versetzung zum *Royal Special Operation Corps* steht somit nichts mehr entgegen. Gratulation.«

McCrimmon hatte Kopfschmerzen.

»Was genau ist passiert? Bitte von Anfang an.«

Williams seufzte.

»Also gut. Die Kriegstreiber, die es auf den Großfürsten abgesehen haben, hatten offensichtlich einen alten Nosferatu als Attentäter nach London geschmuggelt. Das Skelett in der Kiste. In diesem ziemlich toten Zustand muss er unseren Kontrollen entgangen sein. Der Wrukolakas wollte ihn wahrscheinlich gerade zum Un-Leben erwecken, als er auf uns getroffen ist. Als Sie ihn über dem Skelett töteten, haben Sie dem Wolfsmann unwissenderweise diese Arbeit abgenommen –und dafür dessen eigenes Blut verwendet.«

»Ich weiß nicht, ob ich Ihnen folgen kann.« Untote, Wolfsmenschen, Blut ... McCrimmons Schädel dröhnte.

»Der Rest ist Ihnen ja bekannt«, fuhr Williams ungerührt fort. »Der Nosferatu hat mich überwältigt, doch Sie sind dank Ihrer besonderen Disposition mit ihm fertiggeworden. Der Großfürst ist gerettet, unsere Mission erfüllt.«

»Dank meiner *was*?«, fragte McCrimmon ungeduldig. Langsam mochte er keine Andeutungen mehr hören.

»Sie sind Schotte, nicht wahr?«, fragte Williams plötzlich unvermittelt.

»Natürlich. Sie kennen meine Akte, Ma'am.«

»Woher genau?«

»Von den Hebriden. Isle of Skye.«

»Ist Ihre Familie schon länger auf der Insel ansässig?«

»Es leben McCrimmons auf Skye, seit es dort Nebel gibt.«

Captain Williams nickte zufrieden.

»Genau das erklärt es. Auf den schottischen Inseln leben noch einige Familien vom alten Blut, die die besonderen Fähigkeiten für das *R.S.O.C.* hervorbringen.«

»Ich verstehe nach wie vor kein Wort«, erwiderte McCrimmon gereizt.

»Dann sehen Sie am besten selbst.«

Williams zog ein Schminkspiegelchen aus ihrer Tasche hervor und hielt es McCrimmon vors Gesicht. Er zuckte zurück. Aus dem Spiegel schaute ihn eine Kreatur mit flaumig-öligem Pelz und langen Walross-Zähnen an, halb Mensch und halb ein Geschöpf der See. Nur die Augen – die Augen gehörten Arthur McCrimmon.

»Sie sind ein Selkie«, sagte Captain Williams. »Ein Seehund-Mann, wie aus den Geschichten. Es gibt nicht mehr viele vom alten Blut, aber es gibt uns noch. Als ich den Bericht über Ihren Kampf unter Wasser in Indien gelesen habe, hatte ich einen starken Verdacht. Der hat sich nun bestätigt.«

»Ein Selkie?«, fragte McCrimmon ungläubig.

»Exakt. Nur darum konnten Sie den Nosferatu besiegen. Die gefährliche Situation hat Ihr altes Feenblut geweckt. Sie haben sich verwandelt und es ihm ordentlich gezeigt . Unter Wasser gegen einen Selkie zu kämpfen, ist auch für einen Nosferatu eine schlechte Idee. Leider zeigt sich das Erbe oft nur unter extremen Bedingungen. Ihr Kampf in Indien zum Beispiel hat ihre Fähigkeiten nur rudimentär hervortreten lassen. Nun sind sie voll erwacht. Darum müssen wir unsere Rekruten ins kalte Wasser stoßen – in Ihrem Fall buchstäblich.« McCrimmon schüttelte den Kopf.

»Ich kann das kaum glauben. Und Sie sind auch ein Selkie?«

Captain Williams lachte leise. McCrimmon hörte es zum ersten Mal. Ein schöner Klang.

»Ich bin von Feengeblüt, aber kein Seehund. Ich bin eine Bean Sidhe. Eine Todesfee. Sie erinnern sich vielleicht an meinen Klagegesang? Nur der Talisman, den ich Ihnen schenkte, hielt Sie davon ab, mir auf die andere Seite zu folgen. Leider sind meine Kräfte gegen einen Nosferatu, der das Grab bereits hinter sich hat, nur von geringem Nutzen.«

»Eine Banshee«, murmelte McCrimmon matt und befühlte den Talisman, den Silberschädel, der kühl auf seiner Brust lag. Dann raffte er sich auf.

»Und was geschieht nun?«

»Nun werden Sie zum *Royal Special Operation Corps* versetzt. Unser leitender Offizier scheint Sie akzeptiert zu haben. N. kommt persönlich vorbei.«

Sie zeigte auf die Themse hinaus. Direkt an der Ufermauer ragte ein schlanker, weißer Frauenarm aus dem Wasser. Er hielt etwas in den Fingern, das silbrig im Mondlicht schimmerte. McCrimmon griff mechanisch danach. Es war eine Dienstmarke. Eine Dienstmarke mit den Buchstaben *R.S.O.C.* und dem Emblem des Schwertes, das aus dem Wasser gereicht wurde. Als McCrimmon wieder aufschaute, war der Frauenarm verschwunden.

»Sie bleibt niemals lange«, kommentierte Captain Williams. »Höhere Feen haben ihre eigenen Aufgaben. Zum Beispiel Britannien vor Bedrohungen aus der Anderwelt zu beschützen. Ab heute werden Sie uns dabei zur Seite stehen.«

Unschlüssig schaute McCrimmon sie an. Catharine Williams schenkte ihm ein kleines, kostbares Lächeln. Er steckte die Dienstmarke ein.

»Ich habe schon Tickets für ein Luftschiff nach Kairo besorgt«, sagte der Captain geschäftsmäßig. »Dort soll es Ärger mit einer erwachten Mumie geben. Arbeit für uns. Beim *R.S.O.C.* haben Sie interessante Zeiten vor sich, Lieutenant.«

McCrimmon glaubte ihr jedes Wort.

Archibald Leach &
die Rache des Toten

Markus Cremer

Es war wieder einer dieser Tage, an denen ich Archibald Leach am liebsten mit Vergnügen erwürgt hätte. Aber der Reihe nach. Mein Name ist Sarah Goldberg und ich arbeitete damals bereits seit einigen Jahren mit Archibald zusammen. Gerne würde ich schreiben, dass seine besondere Auffassungsgabe mich bezauberte, doch dies war nicht der Fall. Mehr noch als seine Klugheit und animalische Ausstrahlung faszinierte mich seine außerordentliche Kühnheit. Wenngleich ich nicht sicher bin, ob Kühnheit die richtige Bezeichnung ist. Angstfrei trifft es besser. Ein interessantes Talent, allerdings brachte dieser glatzköpfige Schmock mich damit entweder in Gefahr oder zur Raserei.

Ich bin es der Nachwelt und besonders den engstirnigen Tintenklecksern der Great British Empire Times schuldig, unsere gemeinsamen Erlebnisse so genau wie möglich zu schildern. Im Sommer 1851 beschäftigte uns nicht nur die Weltausstellung in London. Archibald Leach begegnete der Rache des Toten.

> Aus dem persönliches Vorwort von Sarah Goldberg zur zehnten Auflage ihres autobiographischen Romans: *Die Abenteuer des Archibald Leach.*

Sarah Goldberg trug ein Sommerkleid, welches ihre weiblichen Vorzüge zur Geltung brachte. In den frühen Morgenstunden des Londoner Julis etwas zu frisch, wie sie fand. Es fühlte sich ohnehin wie ein Fremdkörper auf ihrer Haut an. Kein Vergleich mit einem bequemen Overall. Sie hoffte jedoch, dass Archibald ihr Aussehen bewunderte. In der Warteschlange vor dem Einlass zur Glaskuppel der Weltausstellung kam sie sich ausgeliefert vor. Jeder Mann schien sie anzustarren. Auf eine Weise, die wenig zu einem Gentleman passte. Sie schob es auf ihre linke Hand, die zwar in einem Seidenhandschuh steckte, aber bei jeder Bewegung klickende Geräusche erzeugte. Die künstliche Prothese war das Erbe ihres Vaters, der sein Wissen und die Begeisterung über die Bearbeitung von feinster Mechanik an seine Tochter weitergegeben hatte.

»Warum sind wir hier?«, fragte sie ihren Begleiter, den hochgewachsenen Archibald Leach, der neben ihr stand und gelangweilt die Bäume im Hyde Park betrachtete. »Ich habe immer gedacht, Sie hassen dampfbetriebene Technik und alles, was damit zu tun hat.« Er drehte den Gehstock in seinen Händen und antwortete: »Werte Sarah, selbstverständlich hasse ich Technik und Fortschritt nicht. Zumindest nicht alles.« Er sah ihr sekundenlang in die Augen. Wegen solcher Augenblicke gab sie die Hoffnung nicht auf, dass er sich erklären würde. Irgendwann. Schließlich fuhr er fort: »Es ist vielmehr so, dass mir die augenblicklichen Bemühungen in die falsche Richtung zu zielen scheinen. Sehen Sie, dieser Kompass meines großartigen Verwandten ...«

In Gedanken schaltete Sarah ab, da sie »Meister Heisenbergs horriblen Unschärfekompass des Bösen« bereits zur Genüge kannte. Ein Artefakt, welches angeblich mittels der Ätherkraft gefangener Geister den Standort des nächsten Bösen anzeigen sollte. Nach ihrer Auffassung konnte kein Gerät der Welt derartige Dinge aufspüren oder moralisch bewerten. Die ganze Angelegenheit war in ihren Augen völliger Unfug.

»... wie ich bereits ausführte, so wird Meister Heisenbergs Artefakt umso ungenauer, je näher man sich der Quelle nähert. Ein seltenes Phänomen und ich hoffe, auf dieser Weltausstellung einen Experten zu treffen, der mir mehr darüber berichten kann.«

»Woran wollen Sie diesen Experten erkennen?«, fragte Sarah belustigt. Auf manchen Gebieten kam ihr Archibald reichlich meschugge vor.

»Irgendwer in dieser gewaltigen Ansammlung von Schaumschlägern und Scharlatanen wird die Grundzüge einer Synthese von Geisteskraft und anbarischen Energien schon begreifen.«

»Wie Sie meinen«, sagte Sarah ergeben. Im Grunde war ihr der wahre Grund für den Besuch gleichgültig, da sie sich bereits seit Wochen auf die Visite der Weltausstellung freute. Auf großen Bannern standen die Worte: »Great Exhibition of the Works of Industry of All Nations«. Die besten Köpfe der Welt zeigten ihre Erfindungen unter der gewaltigen Glaskuppel des Architekten Joseph Paxton.

»Was für eine überwältigende Leistung«, entfuhr es ihr.

»Ganz nett«, erwiderte Archibald.

»Nett?«, fauchte sie ungläubig. »Das Ding ist ein wahres Wunder der Moderne. Dreimal so lang wie die St Paul's Cathedral. Knapp 7.000 Aussteller aus allen Ländern der Erde und ...«

»Eigentlich sind es nur riesige Gewächshäuser aus Glas und Eisen, mehr nicht«, warf Archibald ein. »Noch dazu mit Luftschiffen herangeschafft. Die Pyramiden waren Wunder. Erschaffen mit Schweiß und Willenskraft ...« Sein Blick glitt ins Leere.

»Was ist los?«, fragte sie.

»Zu schade, dass mein Treffen mit Mary Shelley ausfällt«, sagte er. »Sie war eine interessante Frau ... etwas wahrhaft Seltenes.«

»Ist die Schickse hübsch?«, fragte sie misstrauisch.

»Tot. Aber ja, sie hatte ihren Reiz«, er betrachtete ihr Gesicht und fügte hinzu: »Vor vielen Jahren.«

Die Schlange bewegte sich merklich Richtung Eingang. Ein Akrobat mit einer mechanischen Schlange unterhielt die Wartenden mit abenteuerlichen Verrenkungen.

»Was hat sie so gemacht?«, fragte Sarah.

»Wenn sie nicht gerade wirre Geschichten schrieb, hat sie sich mit der Erforschung des künstlichen Lebens beschäftigt. Eine wahre Pionierin auf diesem Gebiet.«

»Klingt ... bizarr.«

»War es auch, doch ich hoffe, ich kann ihren Neffen treffen. Der junge Cyril Swindon soll das Talent seiner Tante geerbt haben.«

»In Bezug auf sein Aussehen oder weil er sich mit obskuren Dingen beschäftigt?«

»Beides.«

Eine halbe Stunde später befanden sie sich im Hauptschiff des Kristallpalastes. Das Tonnendach aus Glasplatten wölbte sich über die ausgewachsenen Ulmen im Zentrum. Sarah Goldberg verschlug es den Atem. Die internationale Atmosphäre der Weltausstellung übertraf die des Orientexpress um Längen. Ringsum wurden die verschiedensten Sprachen gesprochen. Aussteller zeigten Automaten zur Herstellung von dampfgetriebenen Tierattrappen.

»Was für ein Irrsinn«, kommentierte Archibald. »Wer sollte ein Interesse an künstlichen Tieren haben?«

»Jeder, der sich für die Miniaturisierung von bereits vorhandenen dampfkesselgetriebenen Verfahren interessiert. Was könnte man nicht alles mit derart kleinen Turbinen anstellen?«

»Was auch immer, wir müssen zur Sektion Parapsychologie«, bestimmte er und bahnte sich seinen Weg durch die träge herumschlendernde Menschentraube. Ergeben folgte ihm Sarah. Die Sache kam ihr nicht ganz koscher vor, doch sie wollte lieber an seiner Seite sein, wenn es zu Problemen kam. Zu ihrer Beruhigung trug sie eine Auswahl ihrer eigenen »Spielzeuge«, wie Archibald ihre Waffensammlung nannte, bei sich. Gut versteckt, aber schnell griffbereit.

»Sarah«, rief Archibald und winkte sie heran. Er befand sich im Gespräch mit einem dunkelhäutigen Ausländer, den sie in einer anderen Umgebung nicht näher als zwanzig Fuß an sich herangelassen hätte. Er hatte etwas von einem Piraten. Sie kam gerade dazu, als Archibald verkündete: »Dieser Kompass zeigt zuverlässig den Aufenthaltsort des Bösen an. Sehen Sie hier.« Er zog den zahnradübersäten Kompass aus seiner Hosentasche. »Er pendelt jetzt natürlich nur herum, weshalb ich davon ausgehe ... Moment mal.« Er hielt inne und starrte wie gebannt auf die Kompassnadel. Sarah sah ihm über die Schulter und erhaschte einen flüchtigen Eindruck einer beständig zitternden Nadel, die in eine Richtung vor ihnen wies.

»Was ist dort hinten?«, fragte sie den Standbetreiber.

»Sektion W«, erklärte dieser mit starkem Akzent.

»Waffen«, erklärte Archibald. »War ohnehin mein nächstes Ziel.«

»Dann los«, sagte Sarah ergeben. Mit weit ausholenden Schritten bewegte sich der schlanke Exzentriker auf die nächste Sektion zu. Überall waren Schüsse und Zischlaute von Spektralbüchsen zu hören. Sarah kam sich vor wie in einem Bonbonladen.

»Nicht trödeln«, sagte Archibald und wanderte im Zickzackkurs durch die riesige Halle. Bei dem einzigen verlassenen Stand blieb er stehen.

»Sonderbar«, sagte er und rieb sich das Kinn. »Der Kompass zeigt überwiegend in diese Richtung.« Er deutete auf die rückwärtige Kabine hinter dem Verkaufstresen.

»Firma Colt aus Amerika.« Sarah runzelte die Stirn.

»Eine gute Marke, oder?«, fragte er. Sie nickte. »Wieso ist deren Stand leer?«

»Besser, wir sehen nach«, sagte Sarah, »sonst werde ich wohl nie mehr in Ruhe durch die Ausstellung stromern können.«

»Ruhe finden Sie nur im Grab.«

»Dahin bringen Sie mich, elender Schmock«, sagte Sarah.

»Hören Sie mit diesem ewigen Jiddisch auf.«

Sie ignorierte ihn und schlug den Vorhang zur Seite. Augenblicklich blieb sie stehen. Auf dem Boden kniete ein Mann über dem zuckenden Körper eines anderen Mannes. Rasch griff sie unter ihren Überrock und ergriff die Dillinger Spektralpistole, deren Abzugssystem sie selbst modifiziert hatte.

»Keine Bewegung«, rief sie laut. Archibald trat neben sie und hielt seinen Stock schlagbereit. Der kniende Mann erhob sich ruckartig und wankend. Langsam drehte er sich um. Fassungslos starrte Sarah in ein totes Gesicht. Die trüben Augen und die bleiche Haut gehörten eindeutig zu einem Toten, dennoch stand der Mann vor ihr. Rote Flüssigkeit rann aus einem Mundwinkel. Im Hals steckte ein kleiner Glaskolben. Sie glaubte, die Bewegung winziger Zahnräder darin zu erkennen. Auf den am Boden zuckenden Körper verschwendete sie keinen weiteren Blick. Der Geruch, der von ihrem Gegenüber ausging, erinnerte sie an Verwesung.

»Wer sind Sie?«, fragte sie mit zitternder Stimme.

»*Was* sind Sie?« Archibald blieb völlig ruhig. In diesen Augenblicken bewunderte sie ihn. »Können Sie mich überhaupt verstehen?«

Der lebende Tote schwankte von einem Bein auf das andere. »G-Gehen S-Sie!«, stammelte die Kreatur. »N-Nichts tun.«

Archibald warf einen schnellen Blick auf den Kompass, dann trat er einen Schritt nach vorne. »Sie sind tot, richtig?«

Der Angesprochene wankte einen Schritt zurück. »Ich habe in meinem ersten Leben eine Zeitlang als Bestatter gearbeitet. Ich weiß, wie ein Toter aussieht. Sie, mein lieber Freund, scheinen mir zu den Untoten zu gehören. Irgendeine Idee, wie es dazu kam?«

»F-Fluch«, brachte der Untote zögerlich hervor.

»Unwahrscheinlich, aber die Sache interessiert mich doch.«

»Archibald«, erinnerte Sarah, »dieser Kerl hat den Mann dort unten getötet.«

»Glaube ich irgendwie nicht oder täusche ich mich, namenloser Freund?« Der Angesprochene versuchte den Kopf zu schütteln, doch er bewegte den gesamten Oberkörper hin und her. »Sehen Sie, Sarah, er ist unschuldig. Tot, aber kein Mörder. Irgendwie beruhigend. Was den armen Vertreter der Firma Colt angeht, so sieht es für ihn eher schlecht aus.« Er beugte sich zu dem zuckenden Körper hinunter. Aus einer seiner vielen Ledertaschen am Gürtel holte er eine Monokel-Lupe mit Ultravisionsvisier heraus und klemmte sie vor sein rechtes Auge. »Sonderbar«, er zog ein Augenlid herunter. »Ein pharmakologischer Effekt.« Er berührte eine Stelle am Hals, an welcher der Untote hineingebissen hatte. »Kalt.« Neben dem zuckenden Körper lag der Überrest eines Glaskolbens.

»Das bringt nur Zores«, murmelte Sarah. »Ich wusste es.«

»Etwas in diesem Glaskolben bringt den Körper dazu, äußerlich zu sterben, aber dennoch nicht mit den Bewegungen aufzuhören. Stimmt es, stinkender Freund?«

»J-Ja.« Der Untote berührte Archibald an der Schulter. Ein vermoderter Finger brach ab und fiel zu Boden. »I-Ich w-will R-Rache.« Er sog Luft in den ansonsten bewegungslosen Brustkorb ein.

»Ohne Luft keine Sprache«, erläuterte Archibald. »Dies kann ich sicher einmal publizieren.«

»Sicher«, ergänzte Sarah und blickte angewidert auf den abgefallenen Finger. »Er fällt auseinander.«

»An wem soll die Rache vollzogen werden, glückloser Freund?«

»Am S-Schöpfer. E-Er i-ist h-hier! C. S.«

»Was meint er damit?«, fragte Sarah.

»C. S.«, wiederholte der schwankende Untote.

»Meschugge, kein Zweifel.«

»Dann weiß ich jetzt, was Meister Heisenbergs horribler Unschärfekompass des Bösen anzeigt.«

»Diesen Schöpfer, von dem der da spricht?«, fragte Sarah und verdrehte die Augen.

»Das Zucken hat aufgehört«, sagte Archibald und deutete auf den toten Verkäufer. »Unser untoter Freund hat ihm damit sicher einen Gefallen getan.«

»Wie Sie meinen, ich frage mich allerdings, warum dieser Schöpfer einen harmlosen Verkäufer ...« Sie blickte sich um. Die Reklametafel an der Wand bannte ihre Aufmerksamkeit.

»Der Prototyp des Colt Navy Automatic Spektralrepetierrevolvers. Ich wette, der Täter hat sich das gute Stück unter den Nagel gerissen.«

»Ein Verfahren, um Untote herzustellen und der Prototyp eines massentauglichen Armeerevolvers. Interessant.«

»Nein, ein gefährliches Tohuwabohu«, widersprach Sarah.

»Sie sehen entzückend aus, wenn Sie sich aufregen«, unterbrach er sie und lächelte. Sprachlos und voller Erwarung sah sie ihn an. Würde er ihr jetzt seine Liebe gestehen?

»Jetzt aber genug geredet, wir müssen weiter.«

»Wohin?«

»Folgen Sie mir!«

»Was ist mit ihm?«, fragte sie.

»Hätte ich fast vergessen.« Er sah sich um und ergriff den Mantel und den Melonenhut des Verkäufers. »Damit haben wir genug Verkleidung. Jetzt aber los.« Im Gehen zog er den Kompass erneut zurate.

»Billiges Stück Tinnef«, kommentierte sie.

»Die großartigste Erfindung, die jemals in meiner Familie gemacht wurde«, hielt er dagegen. Kreuz und quer verfolgten sie die Spur des Kompasses und fanden schließlich den verlassenen Stand eines Chemikers.

»Antidote aller Art«, las Sarah laut vor. »Aus Deutschland.«

»Tüchtige Leute«, befand Archibald, »aber etwas zu kriegerisch für meinen Geschmack.«

»Hier lauert das Böse?«, fragte sie spöttisch.

Ohne einen Kommentar trat er in den Unterstand des Messestandes. Ein Mann mit Backenbart und weißem Laborkittel hockte auf dem Boden und erbrach grünlichen Schaum.

»Ekelhaft«, entfuhr es Sarah. Um den Chemiker herum lagen zahlreiche Spritzen und Pillenpackungen.

»Im Hals steckt einer von diesen Glasbolzen.« Archibald berührte die Stirn des Mannes. »Eiskalt.« Der Mann schnappte nach seiner Hand. »Böser Junge«, tadelte Archibald.

»Ich mach schon.« Sarah griff mit ihrer künstlichen Hand nach dem gläsernen Bolzen und atomisierte ihn buchstäblich. Der Chemiker brach zuckend zusammen. Die Farbe seiner Haut näherte sich dem leichenfahlen Teint ihres untoten Begleiters.

»So viel dazu«, kommentierte Archibald und blickte auf den Kompass.

»Wohin?«, fragte Sarah ergeben.

»Mir nach!«

»Ich hatte es befürchtet.«

Während ihrer weiteren Suche versuchte Sarah Goldberg, die bisherigen Fakten zu ordnen. Ihr Gegner verfügte über verfaulende Untote, Gegengifte und moderne Waffen. Was fehlte ihm noch? Sie überflog den Plan der Sektionen und Kategorien von Ausstellungsstücken. Die Abteilung mit Kunsthandwerk aus aller Welt konnte sie getrost überspringen. Für sie war derartiges Zeug ohnehin nur etwas für überspannte Franzosen.

Ein Eintrag weckte ihr Interesse.

»Archibald, wir müssen hier hin«, sagte sie und zeigte auf den Plan.

»Wer ist John Gorrie?«, fragte er irritiert.

»Ein amerikanischer Arzt«, erklärte sie, seine Unwissenheit weidlich ausnutzend. »Er hat eine Kältemaschine entwickelt und sie an eine Kältekammer angekoppelt. Faszinierende Idee. Steckt voller Potenzial, auch wenn die meisten Menschen zu ignorant sind, um die Tragweite zu begreifen.«

»Sie meinen Speiseeis?«

»Kryokonservierung von Lebewesen«, sagte sie und lächelte.

Erwischt, dachte sie. Damit hatte er nicht gerechnet.

»Gar nicht schlecht. Dieser geheimnisvolle Schöpfer möchte offenbar seine untoten Diener möglichst frisch halten.«

Vor Stolz schwoll ihre Brust an.

»Der Unschärfekompass zeigt ohnehin in diese Richtung«, fügte er hinzu, »Irgendwie.«

»I-ch b-bin k-k-kaputt«, stammelte ihr untoter Gefährte. Sarah sah voller Entsetzen, dass ihm die Nase aus dem Gesicht gefallen war.

»E-Es i-ist s-s-so w-warm h-hier ...«

Das Trio beeilte sich, zum Stand mit der Kältemaschine zu gelangen. Der Arzt stellte sich als umtriebiger Erfinder mit chaotischem Naturell heraus. Sarah fand ihn auf Anhieb sympathisch.

»Hören Sie, werter Sir«, begann sie, wurde aber sofort von ihrem hochgewachsenen Begleiter unterbrochen: »Wir sind im Auftrag der Regierung unterwegs und benötigen Ihre Kältekammer.«

»What? Wozu?«, fragte der Arzt mit deutlich hörbarem US-Akzent.

»Einer unserer Agenten benötigt umgehend Hilfe.« Er lüpfte kurz den Hut des Untoten. »Noch Fragen?«

»My Goodness! Welche Krankheit hat ihn befallen? Ich bin Arzt.«

»Abnorme Spektralstrahlung«, fabulierte Sarah. »Ionenplasma, direkt mit Kompressorendampf gekoppelt.«

»What?«

»Wir benötigen Ihren Stand und Ihre Erfindung für den restlichen Nachmittag. Laufen Sie herum und besichtigen Sie die Kunststände. Sind faszinierende Stücke dabei. Viel Vergnügen. Die Regierung Ihrer Majestät wird Sie entschädigen.«

Widerwillig entfernte sich der Mann.

»Was jetzt?«, fragte Sarah.

»Wir haben die Falle, fehlt noch der Speck«, sagte Archibald und zeigte auf den Untoten. »Besser wir halten den Speck frisch.« Sarah brachte den wankenden Untoten in die Kältekammer. Der Mann roch entsetzlich. Sie mochte sich nicht vorstellen, wie der restliche Leib des armen Kerls aussah. Nach dem Eintreten in die zimmergroße Kammer hörte der Untote zu wanken auf und stand völlig still.

Eiskalt, dachte Sarah. Wie in der Arktis. Sie kehrte zum Verkaufsstand zurück, wo sich Archibald Leach den Kittel des Arztes übergestreift hatte. Sie trat gerade hinzu, als ihr heimlicher Schwarm einen potentiellen Kunden abwimmelte.

»Neben den eben beschriebenen Nachteilen sollte ich vielleicht darauf hinweisen, dass es einen Rechtsstreit mit meinen neun Vettern geben könnte, die ebenfalls die Erfindung für sich beanspruchen.«

»Ach so«, sagte der Kunde mit offenem Mund. »Ich sehe mich noch woanders um.«

»Einen wunderschönen Tag wünsche ich«, rief Archibald hinterher.

»Dort hinten lauert ein Kerl, der mir bereits vorhin aufgefallen ist.«

»Warten wir es ab«, sagte er und gab sich unbekümmert. Tatsächlich näherte sich der junge Mann mit sicherem Schritt dem Messestand.

»Seid gegrüßt, Sir«, empfing ihn Archibald fröhlich. »Was kann ich für Sie tun?«

»Sie können mir die Konstruktionspläne dieser Erfindung zeigen«, sagte der Mann mit Fistelstimme. »Sonst wird es Ihnen schlecht ergehen.«

»Warum so grob?«, fragte Sarah.

»Weil ich weiß, wer Sie sind«, erklärte der Unbekannte. »Mister Archibald Leach und seine Assistentin Sarah Goldberg. Die Frau mit der künstlichen Hand.«

»Danke für die Blumen«, erwiderte Sarah. »Mit wem haben wir die Ehre?«

»Cyril Swindon«, warf Archibald dazwischen. »C. S.«

»Wundervoll kombiniert«, zischte Swindon. »Woran haben Sie mich erkannt?«

»An den Augen Ihrer Tante. Die gleiche Mischung aus klarem Bergsee und unklarem Wahnsinn.«

Der junge Swindon sah sich um und zog seinen Mantel ein Stück auf. Darunter konnten sie den Waffenprototyp erkennen.

»Mit diesem Baby mache ich Sie innerhalb von Sekundenbruchteilen kalt«, fügte er unnötigerweise hinzu.

»Wo sind die Pläne? Ich brauche sie, um meine Vision Wirklichkeit werden zu lassen.«

»Sie sind natürlich nicht hier«, sagte Sarah schnell.

»Ein Bluff«, sagte Swindon. »Ich merke sowas!«

»Was meine vorlaute Assistentin sagen wollte, war, dass die Pläne natürlich nicht hier vorne sind. Die Konstruktionspläne werden in der Kammer dort hinten aufbewahrt. Wieso stehlen Sie all diese Erfindungen? Ich dachte, Sie sind ein Genie?«

»Ich bin ein Genie, richtig.« Swindon lächelte. »Ich habe aber nicht so viel Zeit, diese schwachsinnigen Kleinigkeiten zu entwickeln. Meine Aufgabe besteht im Umsetzen der großen Vision.«

»Zombifizierte Soldaten, die in Ihrem Auftrag die Welt unsicher machen?«, fragte Sarah anklagend.

»Sie werden eine meiner ersten Dienerinnen«, erklärte Swindon und zog einen der Glaskolben aus der Tasche.

»Eine gute Idee«, bestätigte Archibald. »Vielleicht hält sie dann den Mund?«

86

»Was soll ...«, begann Sarah, doch Archibald warf ihr einen strafenden Blick zu.

»Wo ist die Kammer mit den Plänen?«

»Dort hinten«, sagte Archibald und führte Swindon dorthin. Er selbst gab sich betont gleichgültig. Er entriegelte die Kältekammer und öffnete die Tür.

»Jetzt!«, gab er das Kommando und Sarah versetzte dem jungen Welteroberer einen kräftigen Stoß mit ihrer künstlichen Hand. Swindon stürzte in die Kältekammer. Sein Atem verwandelte sich in Eiskristallwolken. Krachend ließ Archibald die Tür ins Schloss fallen.

»Sarah«, begann er, doch die Technikerin hatte den Plan bereits erfasst und den Haupthahn der Kältekammer abgestellt. Minuten später ertönten aus der Kammer ein tiefes Grunzen und eine gequälte Fistelstimme.

»Ich glaube«, sagte Archibald, »der lebende Tote hat seine Rache bekommen.«

»Was machen wir jetzt mit dem Untoten?«

»Er verwest innerhalb der nächsten Stunden«, erklärte Archibald und lächelte. Beide drehten sich um und schritten davon.

»Nein, ich meine, was ist, wenn der Prototyp innerhalb der Kammer ausgelöst wird?«, fragte Sarah.

»Was soll schon passieren?«

»Sie sind wirklich kein Technikfreund«, erklärte Sarah. »Diese Waffe könnte zusammen mit dem entzündlichen Kältemittel eine gewaltige ...«

Die Explosion erschütterte die Umgebung und mehrere Glasplatten des Kristallpalastes gingen zu Bruch. Nur durch ein Wunder wurde niemand verletzt. Die ausstellungseigene Feuerwehr rückte sofort an. In der allgemeinen Aufregung gelang dem Duo die Flucht.

Am selben Tag brachten sie die Adresse des Cyril Swindon in Erfahrung und fuhren mit einer Droschke dorthin.

In seinem Zimmer fanden sie ein Manuskript, in dem der junge Mann seine Ideen zur Welteroberung Schritt für Schritt darstellte. Lange Passagen beschäftigten sich mit der Herstellung und Funktionsweise der Glaskolben zur Zombifizierung.

»Der Typ war echt meschugge«, erklärte Sarah, als sie sich beim Durchblättern einen Überblick verschaffte.

»Sicher völlig wahnsinnig, aber wer kann es ihm verübeln. Seine Tante Mary war auch keine Person glasklarster Gemütsverfassung. Er hat ihr Verfahren quasi zur Marktreife weiterentwickelt.«

»Was machen wir mit den Unterlagen? Der Royal Society überlassen?«

»Damit beim nächsten Grenzkrieg mit Frankreich ganze Zeppelinladungen Untoter eingeschifft werden?«, erwiderte Archibald. »Nein, wir werden das ganze Zeug verbrennen.«

»Sofort?« Sie zog die rechte Augenbraue in die Höhe.

»Natürlich nicht. Ich werde es erst lesen und dann vernichten.«

»Man weiß nie, wozu man das Wissen zur Herstellung von Untoten nicht noch brauchen kann.«

»Erinnern Sie mich daran, falls Sie jemals ein privates Treffen in Erwägung ziehen sollten.«

»Werde ich Sarah, werde ich«, sagte er und vertiefte sich übergangslos in die Unterlagen.

Sarah sah ihm beim Lesen zu, während sie das Feuer im Kamin schürte.

In späteren Jahren, lange nach ihrer Heirat, behielten sie diese Arbeitsteilung bei.

Fußnote: Der Arzt John Gorrie erhielt 1851 das amerikanische Patent für die Erfindung einer Kältemaschine. Aus noch ungeklärten Gründen wurde diese Entdeckung kein Erfolg.

Tote Kaninchen

Luzia Pfyl

»Ah, New York, New York! Endlich sind wir da!«

»Ja, ich kann die Stadt schon von hier riechen.«

Sophie verschränkte die Arme und verzog den Mund. »Jetzt sei nicht so brummig, Lena. New York ist eine große Stadt und du hast eben eine feine Nase.«

»Ohne meine feine Nase wären wir schon längst verhungert«, schnaubte Lena und lehnte sich über die Reling des Dampfers, um eine letzte frische Meeresbrise abzubekommen, bevor das Schiff in den Hudson einbog und an den Docks anlegte. Eine geschlagene Woche hatten sie auf dem Schiff ausharren müssen, zusammen mit ungefähr zweitausend immigrierenden Deutschen und Iren. Erst hatten sie wegen eines schweren Sturms nach Rotterdam ausweichen müssen, bevor sie den Kanal überqueren konnten, dann hatte es in diesem irischen Hafen, dessen Namen sie schon wieder vergessen hatte, einen Aufstand gegeben, weil zu viele Menschen auf das Schiff wollten.

»Hast du auch alle deine Sachen?«

»Dreimal kontrolliert und festgezurrt«, antwortete Sophie munter und stieß mit dem Stiefel gegen den schweren Seesack, der neben ihr auf den Planken lag und fast so groß war wie sie selbst. Lena ertappte sich immer wieder dabei, wie sie sich über die Kräfte des zierlichen Mädchens wunderte. Sie nickte zufrieden und schulterte ihre eigene Ledertasche. Es klirrte ein wenig und Lena verzog das Gesicht. Hoffentlich blieben die Phiolen allen heil, bis sie eine Bleibe gefunden hatten. Sie bückte sich und griff nach dem Jutesack, in dem sie ihre automatische Armbrust versteckt hatte.

Im Hafen von New York wimmelte es von Menschen. Es war laut, es stank nach Brackwasser, altem Fisch, Öl und Schweiß, und es ging zu wie in einem Ameisenhaufen. Lena führte Sophie an den dünnen Schultern durch die Menge am Dock und musterte argwöhnisch die Männer, die auf Kisten saßen und die Neuankömmlinge als *Scheißiren* und *Kartoffelfresser* beschimpften.

»Netter Empfang«, bemerkte Lena.

»Sie nennen sich 'Natives'«, plapperte Sophie leise. »Dabei sind ihre Väter und Großväter ebenfalls eingewandert. Wusstest du, dass bereits über ein Viertel aller Einwohner New Yorks Iren sind?«

»Ja, ja, erspar mir deine Vorträge in Statistik und Geschichte. Wir müssen den Professor finden.« Lena zog einen zerknitterten Brief aus einer Innentasche ihres Ledermantels und las ihn wohl zum hundertsten Mal durch. Sie hatten seit Monaten nichts von Professor Hoffmann gehört und dann war plötzlich dieser Brief aus Amerika gekommen. Er schrieb, dass er ihre Hilfe brauche und sie so schnell wie möglich nach New York kommen sollten. Aber worum es genau ging, war Lena ein Rätsel.

Die Absenderadresse des Briefes lag im Mulberry Bend, mitten in den Five Points, der wohl schlimmsten Gegend in ganz Amerika. Auf einer Fläche von gut einer Quadratmeile lebten an die dreihunderttausend Menschen unterschiedlichster Herkunft dicht aufeinander. Iren, Amerikaner, freie Sklaven aus dem Süden, Deutsche, Engländer – die Liste war lang und wurde von Jahr zu Jahr länger. Die Five Points waren ein Hexenkessel mit rivalisierenden Gangs, Huren, Dieben und Mördern. So gut wie jeder, der sich in Amerika ein neues Leben erhoffte und kein Geld hatte, landete unweigerlich hier.

Über der Tür hing ein bemaltes Holzschild mit der Aufschrift »Hoffmann Import & Export«. Lena schmunzelte vor sich hin, als sie laut anklopfte und dann eintrat. Ein Glöckchen über der Tür klingelte. Sophie folgte ihr dichtauf und warf einen Blick über die Schulter, bevor sie die Tür hinter sich schloss.

Im Laden war es düster und etwas muffig. Die kleinen Fenster zur Straße hinaus waren vergittert und schmutzig, sodass sie kaum Licht hereinließen. An den Wänden standen Holzregale mit allerlei Kisten, Fläschchen und Jutesäcken. Der Tresen war verlassen.

»Hallo?«, rief Lena. »Professor Hoffmann?« Stille folgte, dann hörte sie ein Schlurfen und das Rascheln eines Vorhangs. Ein hagerer Mann mit grauem Backenbart und einer runden Brille auf der Hakennase erschien aus einem Hinterzimmer. Er blieb einen Moment hinter dem Tresen stehen und kniff die Augen zusammen, um im diffusen Licht zu erkennen, wer in seinem Laden stand. Dann hellte sich seine Miene schlagartig auf.

»Lena? Sophie? Seid ihr das?«

»Guten Tag, Professor.«

»Professor!«, rief Sophie aus und umarmte den verdutzten Mann stürmisch.

»Danke, dass ihr gekommen seid«, sagte Hoffmann und richtete seine Brille. »Wie war eure Reise?«

Lena schnaubte. »Unbequem, aber wir haben überlebt.« Der Professor schmunzelte, dann zog Lena den Brief aus ihrer Tasche. »Professor, Ihr Brief ... Worum genau geht es?«

Professor Hoffmann seufzte und winkte sie ins Hinterzimmer. »Kommt, wir haben viel zu besprechen. Captain Reeves wartet bereits.«

Lena und Sophie schauten sich fragend an und folgten dann dem Professor. Im Hinterzimmer war es fast genauso düster und muffig wie vorne im Laden. Die Wände waren vor Regalen und Tischen kaum mehr zu sehen. Auf den Tischen standen seltsame Gerätschaften, die mal blubberten, mal kleine Dampfwolken ausstießen. Lena musste sich unter einem mechanischen Mobile, welches das Sonnensystem darstellte, hindurchducken und stieß dabei beinahe eine Reihe von Reagenzgläsern um.

»Bitte seid vorsichtig, meine Erfindungen sind äußerst empfindlich«, mahnte der Professor und räusperte sich. Erst jetzt bemerkte Lena den anderen Mann, der mit dem Rücken zu ihnen am Fenster stand. Er hatte breite Schultern und wirre dunkle Haare. »Captain Reeves, dies sind Lena Cadolet und Sophie Bonheur.«

Der Angesprochene drehte sich um und musterte Lena und Sophie abschätzig. Lena schätzte, dass er etwa im selben Alter wie sie war. Er war groß und athletisch gebaut. Die wirren, kinnlangen Haare umrahmten ein kantiges Gesicht und blaue Augen.

»Das sollen die Jäger sein? Verzeiht, Professor, aber ich habe etwas anderes erwartet«, sagte Reeves und verschränkte die Arme.

»Ihr habt Männer erwartet, richtig, Captain?«, sagte Lena und verschränkte ihre Arme ebenfalls. Sie kannte das bereits zu Genüge.

»Lena und Sophie sind die besten auf ihrem Gebiet«, versicherte der Professor und rückte seine Brille zurecht. Er wirkte etwas nervös. »Sie haben mir einmal das Leben gerettet. Gebt ihnen eine Chance.«

»Worum geht es denn eigentlich?«, mischte sich Sophie ein und ging an der Reihe von blubbernden Gerätschaften entlang. »Ist wieder ein Guhl hinter Ihnen her, Professor?«

»Nein, nein, Gott bewahre!« Hoffmann räusperte sich erneut. »Captain?«

Captain Reeves stieß den Atem aus und fuhr sich durch die Haare, was sie noch wirrer abstehen ließ. »Na schön. Ich bin Jackson Reeves, Captain einer Luftfregatte. Professor Hoffmann und ich sind Geschäftspartner.«

»Import und Export?«, unterbrach Lena und hob eine Augenbraue. »Import und Export« hieß übersetzt *Schmuggel*. Captain Reeves war ein Pirat.

»Import und Export«, fuhr Reeves ungehalten fort. »Seit unserer letzten Tour nach Amazonien geschehen seltsame Dinge an Bord meines Schiffes. Es verschwinden Leute.«

»Ist das in Ihrem Geschäftsbereich nicht an der Tagesordnung?«, fragte Lena etwas spöttisch und wandte sich an den Professor. »Ich glaube kaum, dass dies ein Fall für uns ist, Professor.«

»Hör ihn zu Ende an, Lena, ich bitte dich«, sagte Hoffmann mit einem verzweifelten Unterton.

Lena seufzte und lehnte sich an einen der Tische. »Dann schieß mal los, Luftpirat.«

Reeves überging Lenas Bemerkung und fing an, im Zimmer unruhig hin und her zu gehen. »Es fing an, als wir Belém verließen. Ein seltsamer Nebel hüllte unser Schiff Tag und Nacht ein. Am ersten Abend verschwand einer der Schiffsjungen. Wir dachten, er wäre wegen des Nebels über Bord gegangen, doch dann fanden wir ihn mit aufgerissener Kehle an Deck. Über ihm hing ein totes Kaninchen. Von da an verschwanden beinahe jede Nacht weitere Männer und immer fand man ein totes Kaninchen bei ihren Leichen – wenn sie denn wieder auftauchten.« Reeves blieb stehen und fixierte Lena und Sophie mit einem eindringlichen Blick. »Jemand oder etwas ist für diese ... Sache verantwortlich. Ich will herausfinden wer. Und der Professor meinte, Ihr wärt die Richtigen für diesen Job.«

Stille machte sich im Hinterzimmer breit, nur das Zischen und Blubbern der Apparate auf den Tischen war zu hören. Lena winkte Sophie zu sich und führte sie nach vorne in den Laden.

»Was denkst du?«, fragte sie und musterte das feine Gesicht von Sophie. »Seltsamer Nebel, Amazonien, tote Kaninchen ...«

»Auf der Hinfahrt schien alles noch in Ordnung gewesen zu sein«, dachte Sophie laut nach. »Captain Reeves und seine Mannschaft müssen in Amazonien etwas aufgestöbert haben. Der Nebel deutet auf etwas Übersinnliches hin. Und die Kaninchen könnten Teil eines Rituals sein.« Sie schaute auf und tippte sich mit dem Zeigefinger an die Nase. »Was meinst du, sollen wir dem armen Captain helfen?«

»Okay, wir nehmen den Job an«, sagte Lena, als sie zurück ins Hinterzimmer traten.

»Wir müssen genau wissen, was Ihr und Eure Mannschaft in Belém gemacht habt, was für einen Auftrag Ihr hattet und was Ihr aus dem Dschungel mitgenommen habt, Captain«, zählte Sophie auf, während sie Lena und dem Luftpiraten zu den Docks hinunter folgte. »Man könnte Euch mit einem Fluch belegt haben.«

»Ein Fluch?« Reeves lachte auf und und tippte mit dem Zeigefinger an seine Stirn. »Mädchen, Flüche gibt es nicht. Genauso wenig, wie es Monster gibt. Jemand denkt, er könnte mich hinters Licht führen mit ein wenig abergläubischem Getue.«

»Fragt den Professor nach dem Guhl, Captain«, meinte Lena lakonisch. »Monster gibt es. Sie lauern in den Schatten, beobachten uns und holen sich von Zeit zu Zeit ein ahnungsloses Opfer. Sophie und ich jagen diese Monster.«

»Was habt Ihr aus dem Dschungel mitgenommen?«, fragte Sophie unbeirrt noch einmal. »Irgendwelche Goldschätze, ein Artefakt, ein neues Crewmitglied?«

Captain Reeves runzelte die Stirn und fuhr sich fahrig mit der Hand über die Brust. »Wir hatten den Auftrag, ein paar Kisten an Bord zu nehmen. Was genau in den Kisten war, weiß ich nicht. Ich kenne meine Männer. Soweit ich weiß, nahmen wir in Belém nur einen einzigen Mann mit an Bord.«

»Hattet Ihr Kaninchen in der Fracht?«

»Ja, zwei Dutzend. Wir sollten sie auf dem Rückweg auf Jamaika abliefern. Tatsächlich geliefert haben wir dann aus bekannten Gründen nur 19. Wir sind da.« Reeves blieb stehen und schaute nach oben.

Einen Moment lang verschlug es Lena und Sophie die Sprache. Sie standen am äußersten Ende des Hafengeländes und vor ihnen schwebte ein riesiges Segelschiff gute drei Meter über der Wasseroberfläche. Es war fast gänzlich mit Kupferplatten gepanzert und die Segel an den drei mächtigen Masten waren aus schwarzem Tuch. Das Heck mit dem Kabinenaufbau war umhüllt von einer milchigen Dampfwolke, es zischte und pfiff wie in einer stehenden Lokomotive.

»Das ist die *Agnetha*«, sagte Captain Reeves nicht ohne Stolz.

»Ich bin beeindruckt«, gab Lena zu. Auf solch einer Luftfregatte wäre die Überfahrt nach New York definitiv angenehmer gewesen. Aber auch unbezahlbar.

Reeves führte sie über das Dock. Crewmitglieder und Hafenarbeiter lungerten zwischen der ausgeladenen Fracht herum und beobachteten sie mit argwöhnischen Blicken. Lena konnte es ihnen nicht verübeln. Seemänner waren ein besonderer Schlag Menschen und ziemlich abergläubisch. Sie hoffte nur, dass sie mit ihr und Sophie kooperierten.

»Wir müssen die ganze Mannschaft befragen, Captain, und wir müssen wissen, was in den Kisten war«, sagte sie, als sie oben an Deck standen. Eine frische Meeresbrise umwehte sie und brachte nebst dem Salz auch den Geruch von brennenden Kohlen mit sich. Lena baute sich vor Reeves auf. »Wir müssen uns zudem die Leichen und die toten Kaninchen ansehen.«

Reeves nickte angespannt. Lena konnte deutlich sehen, dass er es nicht gewohnt war, von einer Frau Befehle entgegenzunehmen und dies auch nicht sonderlich mochte. Der Luftpirat brüllte seinem ersten Maat die Befehle zu, worauf dieser unter Deck verschwand.

Lena und Sophie ließen sich von Reeves in den Frachtraum führen. In einer der Kühlkammern hatte man die fünf Leichen bisher aufbewahrt. Die Kaninchen lagen daneben in einem Jutesack. Lena kniete sich neben dem Schiffsjungen, der das erste Opfer gewesen war, hin und nickte Sophie zu, damit sie sich die Kaninchen ansah. Vorsichtig drehte Lena den Kopf des Jungen zur Seite. Seine Kehle war fast ganz durchtrennt und zerfleischt, als hätte ihn ein wildes Tier angefallen. Lena beugte sich hinunter, um an der Wunde zu riechen. War das Schwefel? Sie wandte sich den anderen vier Männern zu, deren

Kehlen genauso zugerichtet waren. Auch an deren Wunden roch sie und runzelte dann die Stirn.

»Sophie, was ist mit den Kaninchen?«

»Tot, alle fünf.«

»Offensichtlich.«

»Ihnen wurde das Genick gebrochen, ansonsten sind sie völlig intakt. Die armen Tierchen!« Sophie zog die Nase hoch und bibberte. »Sind wir hier fertig? Mir ist kalt.«

»Und es wurde auch bei jeder Leiche ein totes Kaninchen gefunden?«, fragte Lena den Captain, während sie den Kühlraum verließen.

»Ja. Was hat das zu bedeuten?«

»Habt Ihr oder jemand aus Eurer Crew in den Nächten, als die Männer verschwanden, etwas Verdächtiges gesehen oder gehört?«

»Nein. Der Mann, der auf Deck Wache hatte, war auch jeweils der Mann, der verschwand. Nach dem zweiten Todesfall habe ich die Wachen verdoppelt, aber niemand schien jemals etwas zu sehen oder zu hören.«

»Habt Ihr oder jemand aus Eurer Mannschaft Verbindungen zu den Dead Rabbits?«, fragte Sophie, die immer noch bibberte. Lena kniff die Lippen zusammen. Das wäre eine der nächstliegenden Erklärungen. Die Dead Rabbits waren eine der berüchtigtsten Straßengangs der Five Points und ihr Markenzeichen war ein totes Kaninchen, aufgespießt auf einem Speer. Dieser Spur mussten sie nachgehen, auch wenn die Gefahr bestand, dass der eigentliche Täter damit von sich ablenken wollte.

»Meine Leute sind hautsächlich Iren«, sagte der Captain etwas widerwillig, denn er verstand sofort, worauf Sophie anspielte. »Einige waren Mitglieder der Gangs, aber sobald sie unter meinem Kommando stehen, sind solche Verbindungen untersagt.«

»Wir müssen Ihre Mannschaft trotzdem befragen«, beharrte Lena und kletterte die steile Treppe zurück an Deck. »Und wir fangen am besten mit dem Neuling aus Belém an.«

Der Neuling war ein untersetzter, spanischstämmiger Luftmatrose mit einer langen Narbe quer über das Gesicht. Seine dunkle Haut war wettergegerbt, seine Haare waren fettig und klebten schwarz glänzend am Schädel. Lena setzte sich ihm gegenüber auf eine Kiste und verschränkte die Beine etwas lasziver, als sie es sonst tat. Dann zog sie eines ihrer Messer aus dem Korsett und begann, damit ihre Fingernägel zu säubern. Der Spanier wurde mit der Zeit sichtlich unruhig und Lena grinste in sich hinein. Soll er nur schwitzen, dachte sie und wechselte die Hand.

»José, richtig?«, fragte sie dann endlich und bekam ein rasches Nicken. »Du bist in Belém zur Mannschaft von Captain Reeves gestoßen. Warum?«

»Capitán Reeves brauchte einen Übersetzer für Spanisch, also habe ich angeheuert.« Der Mann sprach schnell und knetete dabei seine Hände. Lena hob das Kinn und beobachtete ihn genau. Er verbarg etwas. Etwas Essenzielles.

»Wofür brauchte Reeves einen Übersetzer?«

»Das weiß ich nicht, Señora.«

»Was war in den Kisten, die ihr in Belém aufgeladen habt?«

»Das weiß ich nicht, Señora.«

Lena machte eine blitzschnelle Bewegung mit dem Handgelenk und warf ihr Messer. Zitternd blieb es in der Holzplatte des Tisches stecken, keine zwei Zentimeter vor den Händen des Matrosen. Der Spanier schrak zurück, doch Lena war schneller und packte ihn am Kragen.

»Ich weiß, dass du mir nicht die volle Wahrheit sagst, José«, sagte sie gefährlich leise. »Sollte ich herausfinden, dass du all diese Männer umgebracht hast, wirst du Bekanntschaft mit meinen Messern machen. Und du wirst nicht wegen der Messer sterben, oh nein, sondern ganz langsam wegen der Gifte, die an den Klingen kleben.«

Der Spanier wimmerte nickend und Lena ließ ihn gehen. Sie würde ihn schon noch weichkochen. Sie drehte sich um und bemerkte, dass der Captain etwas bleich um die Nase geworden war.

»Bekommt Ihnen die Stadtluft nicht, Captain Luftpirat?« Sie steckte das Messer zurück in ihr Korsett und stemmte die Hände in die Hüften. »Ich möchte wissen, was in den Kisten war und wofür sie bestimmt waren.«

»Ich weiß nicht, was drin war, Miss«, beeilte sich Reeves zu sagen. »Nur, dass sie für die Weltausstellung in London waren.«

»Hm.« Lena musterte den zugegebenermaßen gutaussehenden Reeves abschätzend. »Warum werde ich das Gefühl nicht los, dass hier etwas faul ist?«

»Lena, es *ist* etwas faul«, sagte Sophie.

»Sag mal, hast du Fieber?« Sophie stellte sich doch sonst nicht so dumm an. Sie war das Genie, das Wunderkind, das alles wusste.

»Riechst du das nicht auch?«, fragte Sophie unbeirrt und schnupperte.

Lena runzelte die Stirn und konzentrierte sich auf die Gerüche in der Luft. Wasser, Salz, Fisch, Algen. Kohle, Feuer, Holz, Schweiß, Öl. Und Schwefel.

»Wo wurde die letzte Leiche gefunden?«, drängte sie Reeves. Der Captain machte ein grimmiges Gesicht, führte sie jedoch ohne zu murren auf die Steuerbordseite und zum Bug. Lena und Sophie gingen in die Hocke und schauten sich jeden Flecken der Holzplanken an. Dann stieß Sophie einen kleinen Triumphschrei aus und hüpfte hinter ein aufgerolltes Seil. Lena und Reeves beugten sich neugierig über sie. Sophie fuhr mit dem Finger über die Holzplanke und hielt ihn dann den beiden hin. Ein milchig gelbes Pulver klebte daran.

»Was ist das?«, fragte Reeves.

»Schwefel.« Lena gefiel das gar nicht. Schwefelrückstände bedeuteten mit großer Wahrscheinlichkeit Dämonen. Und Dämonen bedeuteten Probleme.

»Ich kann einfach nichts Passendes finden!«, rief Sophie aus und biss in ein Stück Pastete. Sie schob das alte, dicke Buch von sich. Während sie kaute, zog sie das Buch wieder zu sich heran und blätterte ein paar Seiten weiter.

Sie waren seit gut zwei Stunden zurück in Professor Hoffmans Laden und suchten nach einer Möglichkeit zur Lösung ihres nun nicht mehr ganz so kleinen Problems. Lena lehnte sich mit verschränkten Armen an die Wand neben dem vergitterten Fenster und beobachtete Sophie und Reeves. Reeves wirkte unruhig und tigerte ab und zu durch das Zimmer. Jetzt lehnte er am Tresen und fixierte Lena mit einem interessierten Blick.

»Seid ihr sicher, dass es sich um einen Dämon handelt? Das ist doch verrückt. Dämonen gibt es nicht.«

»Dämonen gibt es sehr wohl, Luftpirat«, gab Lena zurück. »Und wenn es sich bei unserem Problem um einen Dämonen handelt, wird Sophie ihn in den Büchern finden.«

»Und was ist, wenn er gar nicht drin ist?«, merkte Sophie resigniert an. »Wenn er nämlich aus Amazonien stammt, werden die Bücher ihn nicht kennen.«

»Such trotzdem weiter, Sophie. Und wir statten währenddessen den Dead Rabbits einen Besuch ab.« Sie nickte mit dem Kopf Richtung Tür. Reeves runzelte die Stirn, folgte ihr aber hinaus auf die Straße. Es dämmerte bereits am Horizont und die Gaslampen der Straßenlaternen flammten eine nach der anderen auf. Vom Paradise Square her drangen Gesang und rhythmische Musik zu ihnen herüber. Ein paar lachende Kinder rempelten sie an und rannten dann flink davon.

»An deiner Stelle würde ich nach meiner Geldbörse sehen«, meinte Reeves und verzog den Mund zu einem wissenden Grinsen.

Lena schob die Hände in die Taschen ihrer weiten Pluderhose und fluchte. »Diese Drecksbande.«

Reeves lachte auf und kassierte dafür einen Ellbogenhieb in die Rippen, worauf er abwehrend die Hände hob. »Tut mir leid. Warum macht ihr das eigentlich? Monster jagen, meine ich.«

Lena zuckte mit den Schultern. »Wir verdienen unser Geld damit. So wie du deines mit Schmuggel verdienst. Und frage ich dich danach, warum du Pirat geworden bist? Eben, also lass uns unsere Arbeit machen.«

Sie erreichten den Paradise Square und mit ihm das Herz der Five Points. Die fünf Straßen, die dem Viertel seinen Namen gaben, trafen sich an einem Punkt und formten dahinter ein Dreieck. Lena fand, dass am Paradise Square so gar nichts Paradiesisches war. Die eingezäunte Fläche, die einmal eine grüne Wiese gewesen sein musste, war ein Schlammfeld mit einem kahlen Baum in der Mitte. Um den Platz herum standen heruntergekommene Häuser, Mietskasernen, Pubs und Warenhäuser. In den Schatten und Hauseingängen lungerten Betrunkene und Prostituierte, Marktfrauen packten ihre Waren zusammen und ein einzelner Copper, einer der Polizisten, lehnte an einem der Laternenpfosten am Platz. Eine Gruppe junger Iren stand vor einem der Pubs. Sie waren es, die sangen und musizierten.

»Dead Rabbits?«, fragte Lena und deutete mit dem Kopf auf die Gruppe.

Reeves nickte. »Du erkennst sie an den roten Streifen auf ihren Kleidern. Lass mich das Reden übernehmen.«

»Pfft, ich denk nicht dran. Sieh zu und lerne.« Lena wuschelte mit den Händen durch ihre langen Haare, rückte ihr Korsett zurecht und marschierte dann schnurstracks zu den Männern hinüber. Deren Gesang und Musik verstummten, als sie Lena erblickten.

»Hallo, Jungs«, sagte Lena und lehnte sich an den Pfeiler des Vordaches. Beinahe sofort umkreisten sie die Männer und starrten ihr in den Ausschnitt. Alle waren betrunken, was Lena als Vorteil betrachtete. »Ich habe gehört, ihr Dead Rabbits seid die besten von allen.«

»Und wie wir das sind!«

»Dann könnt ihr mir bestimmt mit meinem kleinen Problem helfen«, säuselte Lena und strich einem der Männer über die Brust.

»Was ist dabei für uns drin, Frau?«, fragte einer forsch und grinste anzüglich.

»Hm, das bleibt meine Überraschung.« Drei Männer vor ihr, zwei hinter ihr und einer war im Schatten des Eingangs geblieben. Reeves stand unter einem Bretterverschlag eine halbe Schussweite entfernt. »Kennt ihr die Männer auf dem Luftschiff?«

Einer der Männer spuckte aus. »Dreckspiraten.«

»Ihr kennt sie also.« Lena lächelte. »Ein paar von denen sind tot.«

»Was kümmert uns das?«, fragte der, der gespuckt hatte. »Geschieht denen recht.«

»Es sind tote Kaninchen bei den Leichen gefunden worden, wisst ihr das?«

Einer der Männer zückte seinen Revolver, hielt ihn aber warnend gesenkt. »Was willst du uns unterstellen, Hure? Wir machen keine Geschäfte mit den Dreckspiraten.«

Lena funkelte den Mann schelmisch an. »Aber die Natives, habe ich gehört.«

»Bill, die verdammten Hurensöhne wollen uns das anhängen.«

»Halt die Klappe. Woher willst du das wissen, Hure?« Diesmal hob der Mann den Revolver an Lenas Gesicht heran. Lena atmete tief durch und zwang sich zur Ruhe. Sie hatte im Notfall ihre Messer und Reeves war auch noch in der Nähe, falls etwas schiefgehen sollte.

»Einer der Dreckspiraten hat es geschrien, als ich auf seinem Schwanz geritten bin.«

Jetzt lachten einige der Männer und Lena grinste. Doch der Mann mit dem Revolver, Bill, war nicht wirklich überzeugt, das konnte sie ihm deutlich ansehen. Zeit, hier zu verschwinden, dachte sie. »War nett mit euch zu plaudern, Jungs.«

»Nicht so schnell.« Bill packte sie hart am Arm. »Wo bleibt denn meine Überraschung?«

Lena schloss kurz die Augen, um sich zu sammeln, dann tauchte sie unter Bill weg und trieb ihm ein Messer tief in den Oberschenkel. Der Mann schrie auf und ließ ihren Arm los. Lena zog zwei weitere Messer aus ihrem Korsett und duckte sich keine Sekunde zu früh vor einer riesigen Faust. Einer der Männer packte sie an den Haaren und sie biss sich vor Schmerzen auf die Zunge. Sie schmeckte Blut und wurde wütend. Ein gezielter Ellbogenhieb und ihre Haare waren wieder frei. Lena wirbelte um die eigene Achse und ließ ihre Messer tanzen. Einer nach dem anderen gingen die Männer ächzend zu Boden. Da knallte plötzlich ein Schuss und Lena versteifte sich mitten in der Bewegung. War das Reeves gewesen?

Bevor sich die Männer wieder aufrappeln konnten, stürmte Lena auf den Paradise Square hinaus und schob im Laufen die Messer zurück in die geheimen Taschen in ihrem Korsett.

»Reeves!« Keine Antwort. Sie rannte hinüber zum Bretterverschlag und riss die Tür auf. Drei große Augenpaare aus verschüchterten Kindergesichtern starrten zu ihr auf. Lena watete durch das Stroh. »Reeves!«, rief sie noch einmal, doch wieder kam keine Antwort. Wo war er bloß abgeblieben? Die Kinder hinter ihr schrien auf einmal in blanker Angst auf. Lena zückte eines ihrer Messer und erstarrte. Im Halbdunkel des Verschlags lauerte eine Kreatur und atmete schwer. Bei jeder ihrer Bewegung kreischten die Kinder auf und drückten sich tiefer ins Stroh.

»Bist du der Dämon?«, stieß Lena hervor und wünschte sich sehnlichst eine Flasche Weihwasser. Damit könnte sie ihn für eine Weile in Schach halten.

Die Kreatur knurrte.

»Lass die Kinder in Ruhe, ich schmecke besser.« Wo, zum Teufel, steckte Reeves? Ob der Dämon ihn erwischt hatte? Fieberhaft

überlegte sie, wie sie den Dämon einfangen könnte. Sie brauchte Sophie und ihre Bannsprüche. »Hey, Arschgesicht!« Sie ließ ihr Handgelenk vorschnellen. Die Bestie heulte auf, als das Messer in ihr Fleisch eindrang. Lena war mit einem Satz bei den drei Kindern und scheuchte sie auf den Platz hinaus. Dann rannte sie selbst los, in die andere Richtung.

Außer Atem erreichte sie das Haus im Mulberry Bend. Lena registrierte nur am Rande, dass die Fenster dunkel waren, und stürmte gleich in den Laden, dessen Tür nicht abgeschlossen war.

»Professor Hoffmann? Sophie!«

Lena blieb stehen und rang nach Luft. »Sophie, ich habe den Dämon gefunden. Ich brauche deine Hilfe.« Als keine Antwort kam, ging Lena ins Hinterzimmer und trat auf Scherben. Alarmiert hielt sie inne und lauschte angespannt. Stille. Vorsichtig stieg sie über die Scherben und tastete sich an den Regalen entlang, bis sie eine Lampe fand. Als die Gasflamme aufleuchtete, zog Lena entsetzt die Luft ein. Das Zimmer war völlig verwüstet. Ein Tisch lag quer im Raum, überall lagen Scherben und kaputte Apparaturen. Einer der Vorhänge vor dem Fenster war heruntergerissen und lag in einer Pfütze.

»Sophie? Professor?« Lenas Stimme war zu einem Wispern geschrumpft. Da hörte sie ein Stöhnen. Es kam aus dem hinteren Teil des Zimmers. Mit wenigen Schritten war sie beim opulenten Schreibtisch des Professors und fand diesen dahinter auf dem Boden liegend.

»Professor! Was ist hier passiert?« Sie stellte die Lampe auf dem Tisch ab und half dem Professor vorsichtig in eine aufrechte Position. Er blutete aus einer Wunde an der Stirn, schien aber ansonsten unversehrt.

»Lena, Gott sei Dank«, ächzte Hoffmann. »Es war Captain Reeves, er hat Sophie mitgenommen.«

»Reeves?« Lena konnte kaum glauben, was sie da hörte.

»Hol sie zurück, Lena, beeil dich!«

Lena biss sich auf die Lippen. Was sollte sie tun? Sie hatte den Dämon gefunden und musste ihn so schnell wie möglich unschädlich machen, bevor er noch mehr Menschen auf dem Gewissen hatte. Aber

Sophie brauchte ihre Hilfe dringender. Und sie wusste auch, wo sie Sophie und Reeves finden konnte.

»Ich beeile mich, Professor.«

Lena rannte den ganzen Weg hinunter zu den Docks. Da, da war die Agnetha, das imposante Luftschiff von Reeves. Verlassen und dunkel schwebte es einige Meter über der ruhigen Wasseroberfläche. Nur das ewige Zischen und Dampfen des Antriebs, der das Schiff in der Schwebe hielt, waren zu hören.

Niemand hielt Lena auf, als sie das Dock entlangrannte und die Strickleiter hinauf zum Schiff erklomm. Oben an Deck war es still, von der Mannschaft war nichts zu sehen. Falls es Wachen gab, so hielten sie sich versteckt. Lena zückte eines ihrer Messer – falls dies eine Falle war, so war sie wenigstens vorbereitet.

»Reeves!«, rief sie in die Dunkelheit. »Ich weiß, dass du hier bist. Wenn du Sophie auch nur ein Haar krümmst, wirst du dieses Schiff nicht lebend verlassen!«

»Lena ...«

Lena drehte sich wie von der Tarantel gestochen um. Als sie Sophie erblickte, hellte sich ihr Gesicht für einen Moment vor Erleichterung auf, doch dann sah sie Reeves. Er packte Sophie an den Schultern und legte ihr ein Messer an den Hals. Er keuchte schwer, als wäre er gerade durch die halbe Stadt gerannt. Er hatte eine blutige Wunde an der Seite und seine Augen waren sonderbar schwarz.

»Lass sie gehen«, knurrte Lena und ballte die Faust um den Griff ihres Messers. Dann sah sie die Kreatur hinter Reeves im Schatten und verstand plötzlich. »Du warst es.«

»Ich habe mich schon gefragt, wann du darauf kommst«, sagte Reeves mit einer Stimme, die nicht zu ihm gehörte. »Der ehrgeizige Captain hat mich befreit, jetzt gehört er mir.«

Fieberhaft dachte Lena über einen Ausweg nach. Irgendwie musste sie den Dämon vernichten. Aber wie? Was hatte den Dämon bisher gefangen gehalten?

»Sophie, geht's dir gut?«

»Es ist die Kette, Lena, die Kette«, hauchte Sophie und kniff sogleich die Augen zusammen, als der Dämon den Druck auf ihren Hals erhöhte.

Die Kette? Tatsächlich, da baumelte ein goldenes Amulett an einer Kette auf Reeves' Brust. Aber sie konnte das Messer nicht werfen, denn Reeves drückte Sophie nun an sich und verdeckte so seinen Körper. Sie musste Sophie aus der Schusslinie bringen.

Langsam ging sie seitwärts über das Deck und auf die beiden zu. Reeves schwitzte stark und keuchte immer noch. Der Dämon würde ihn töten, wenn sie nicht handelte, denn ein menschlicher Körper war nicht geschaffen dafür, lange von einem Dämon besessen zu sein.

Kurzentschlossen warf sie das Messer zielgenau auf Reeves' Oberschenkel. Der Schmerz lockerte den Griff des Dämons für einen Moment, während dessen Sophie sich losreißen konnte und Reeves' Augen wieder klar wurden. Vor Schmerzen sackte er auf dem Deck zusammen. Der Dämon im Schatten brüllte auf und suchte sich einen Weg zurück in den Körper des Captains, doch Lena war schneller.

Mit einem heftigen Ruck riss die dem Captain die Kette vom Hals, warf sie auf die Planken und trieb ein Messer mitten hindurch. Ein harter Schlag durchfuhr ihren ganzen Körper und warf sie nach hinten. Sterne tanzten vor ihren Augen, als sie sich ächzend wieder aufrappelte.

»Lena!« Sophie war sofort bei ihr und half ihr auf die Beine.

»Was ist mit Reeves?«

Sophie schaute an Lena vorbei und lächelte dann. »Er wird's überstehen.«

»Jetzt kann ich behaupten, selbst einen Dämon zu überleben«, kam es heiser von Reeves. Mit zusammengebissenen Zähnen zog er sich das Messer aus dem Bein und warf es müde von sich. »Ich hoffe bloß für dich, dass es nicht vergiftet war.«

Lena musste unweigerlich schmunzeln. »Keine Bange, meine Gifte sind zu wertvoll für dich.«

Reeves konnte sich nicht an die Morde erinnern, die er begangen hatte, während der Dämon von ihm Besitz ergriffen hatte. Sophie studierte lange die Inschrift auf dem goldenen Amulett, musste dann aber José hinzuholen, um sie zu übersetzen. Der Spanier gab zu, dies bereits in Belém für Reeves gemacht zu haben.

»Aber was ist mit den Kaninchen?«, wollte Sophie am Ende wissen.

»Auch Dämonen können kreativ sein«, meinte Lena mit einem Schulterzucken. »Vergiss nicht, das aufzuschreiben, Sophie. Südamerikanische Dämonen haben einen Hang zu morbider Kreativität.«

Der Automat

Fabian Dombrowski

Schnee wehte in das ausgebrannte Zimmer an der Avenue Gambetta. Kurz legte er sich auf die schweigende Staubdecke, auf die Glasscherben, Holzsplitter und Möbeltrümmer. Doch beim nächsten Windstoß wirbelten die weißen Flocken zusammen mit dem Dreck wieder auf. Schwach, aber bestimmt kämpfte sich durch das harsche Wetter die Mittagssonne. Blitzend spiegelte sie sich auf dem menschenähnlichen Bronzekörper des Automaten. Starr, ohne jede Regung, stand er inmitten der Zerstörung, die ein Kanonengeschoss während der Aufstände vor wenigen Jahren angerichtet hatte. Der Automat wirkte so tot wie die unzähligen Skulpturen, die die Schlösser von Paris schmückten; aber den geschliffenen Smaragden seiner Augen wohnte eine unerwartete Lebendigkeit inne. In seinen Händen ruhte ein langläufiges Gewehr – unverkennbar von einem sorgfältigen Schmied eigens für ihn angefertigt, vielleicht vom selben, der seine wunderliche Mechanik geschaffen hatte. Das Gewehr und der Automat bildeten eine Einheit. Erst zusammen wurden sie zu der perfekten Waffe, als die sie gedacht waren.

Das allerdings interessierte den rauchgrauen Kater, der durch ein zerbrochenes Fensterkreuz gesprungen kam, herzlich wenig. Hätte er nicht vorsichtig pikiert darauf geachtet, seine samtenen Pfoten zwischen den Splittern und Scherben hindurchzulenken, niemand wäre auf die Idee gekommen, dass er die Verwüstung bemerkte. Sein Blick schweifte von der Tür ins alte Treppenhaus, über die abgeblätterte Stofftapete und zu einem Haufen Kleinholz, den Überresten eines Schrankes. Zuletzt wendete er seine Aufmerksamkeit doch noch dem Automaten zu. Jedoch ließ er keinen Zweifel daran, dass dies allein deswegen geschah, damit das ganze Zimmer gleichermaßen seine Gunst erfuhr.

Hatte sich der Automat da bewegt? War das eine leichte, neugierige Bewegung seines Kopfes?

Der Kater sprang lautlos direkt vor seine bronzenen Füße. Fragend maunzte er, aber die Antwort blieb aus. Selbst als er umständlich um die Automatenbeine strich, provozierte er keine Reaktion. Enttäuscht zog das Tier ab.

Doch als er sich eine Armlänge entfernte, begann es hinter ihm zu surren und zu knarren. Plötzlich legte sich die Nachbildung einer menschlichen Hand auf seinen Rücken. Ganz zärtlich, fast ängstlich, streichelte sie das seidige Fell. Aber anstatt die kleine Zuwendung schnurrend zu genießen, wie es zu erwarten gewesen wäre, wandte der Kater sich dem Automaten zu und sagte mit schalkhaftem Grinsen: »Hab ich dich!« Die verbitterte Kälte einsamer Berge untermalte seinen tiefen Bariton. Mit der nächsten Schneewehe, die in das Zimmer brach, verschwand das Tier.

»Ein Automat zeigt Gefühle! Wenn die Intellektuellen das wüssten, sie schrieben sich die Finger darüber wund. Vermutlich würden die Philosophen unter ihnen dir Regeln auferlegen: Schade niemals einem Menschen oder lasse solches zu! Gehorche deinem Meister! Andere würden dein Innerstes erforschen. Träumst du von bronzenen Schafen, Automat?« Ein Mann rekelte sich entspannt auf dem Fensterbrett. Seine langen Haare und der rauchgraue Mantel wehten im Winterwind. Seine Stimme war die der Katze.

»Wer seid Ihr?«, fragte der Automat und richtete sein Gewehr auf den Fremden. Er sprach perfektes Französisch, schien aber nicht gewöhnt zu sein, es zu nutzen.

»Ist es wichtig, wer ich bin?«

»Ja.«

»Aber vielleicht weiß ich nicht, wer ich bin. Vielleicht bin ich deswegen in einem Atemzug ein Kater und im nächsten ein Mensch.«

»Ihr müsst wissen, wer Ihr seid. Irgendwie werdet Ihr Euch selbst bezeichnen!«

»Worte sind Schall und Rauch, sie sagen wenig darüber, wer ich bin.«

Der Automat zögerte ein, zwei Sekunden; fragte aber schließlich irritiert: »War meine Frage unpräzise?«

»Nein.«

Den bronzenen Lippen entwich ein resignierter Laut. Dann wechselte der Automat die Taktik: »Seid Ihr ein Sophist?« Das entlockte dem Fremden ein anhaltendes, beinahe gekünsteltes Lachen.

»Ich hoffe nicht. Obwohl ich mit Vergnügen Worte verdrehe, so gedenke ich in der Tat morgen zu dem zu stehen, was ich heute sage.«

»Also auch kein Politiker.«

»Humor hat diese Maschine ebenfalls – faszinierend! Ich wüsste zu gern, wer dich gefertigt hat. Es erscheint mir doch unwahrscheinlich, dass die Ingenieure mit ein paar Zahnrädern und Dampfkesseln solches Leben zu schaffen vermögen ...« Während er sprach, glitten die Augen des Fremden suchend über den Panzer des Automaten. Glaubte er an irgendeinem Detail erkennen zu können, welcher Schmied hinter diesem Wunderwerk steckte?

»Ich lebe nicht. Meine Mechaniken sind so fein gearbeitet, dass sie allein den Schein des Lebens vermitteln.«

»Plapperst du deinem Meister nach? Wenn du nur eine raffinierte Aufziehpuppe bist, sind auch Menschen nur kleinteilige Maschinen aus Blut, Fleisch und Knochen. Vom Universum so ausgeklügelt geschaffen, dass sie sich selbst Leben vortäuschen.«

»Und eine Seele? Die habe ich wohl kaum.«

»Beweise mir erst einmal, dass du keine hast und ich eine besitze.« Tatsächlich nickte der Automat als würde er versuchen, diesen Gedanken zu durchdringen. Doch plötzlich, gleichzeitig mit einer hereinbrechenden Schneewehe, ging ein Ruck durch seinen Körper.

»Ihr lenkt vom Thema ab! Wer seid ihr?« Der Automat packte sein Gewehr fester. Der Finger lag nicht auf dem Abzug, aber dicht dabei.

»Immer die alte Leier. Die Leute wollen einen stets darauf festnageln, wie man sich nennt. Als ob dich mein Name interessierte, wäre ich noch ein Kater.« Jetzt krümmte sich der Finger über dem Abzug.

»Ich will wissen, wer Ihr seid. Sofort. Meine Mission darf nicht durch Unsicherheiten gefährdet werden.«

Unwillig schnaubte der Fremde, antwortete jedoch: »Jubal.«

»Seid Ihr der zweiten Republik treu?«

»Was soll das denn? Die zweite Republik ist untergegangen! Noch nicht lang, aber dennoch. Der neue Bonaparte ist jetzt an der Macht, genauso wie sein Onkel wird er die Alleinherrschaft an sich reißen. Da ist es Essig mit deiner Republik!« Das Gewehr pfiff nur leise als der Automat abdrückte.

Kein Mündungsfeuer.

Kein Krach.

Auch kein Toter.

Unversehrt saß Jubal auf seinem Fensterbrett, obwohl die Kugel ihn nicht verfehlt haben konnte. Nur auf der anderen Straßenseite rieselte etwas Putz von der Fassade.

»Du hast auf mich geschossen!«, empörte Jubal sich. »Aus welchem Grund? Weil ich mich ein wenig aufgeregt habe?«

»Ihr seid ein Loyalist des Usurpators Louis-Napoléon Bonaparte!« Trotzdem senkte der Automat seine Waffe, denn ihm war offensichtlich bewusst, dass er die Anwesenheit Jubals in Kauf nehmen musste.

»Ich habe nur ausgesprochen, was passieren mag, sollten uns die Ereignisse nicht radikal überraschen. So jedoch wird Frankreich wohl Freiheit, Gleichheit und Brüderlichkeit wieder gegen einen Kaiser eintauschen. In dieser Angelegenheit werde ich niemandes Partei ergreifen. Weder die der Republikaner noch die der Bonapartisten.«

»Eure Meinung verrät Anderes.«

»Warum? Nicht jeder gibt sich der Illusion hin, dass das Lager, das er bevorzugt auch siegreich aus dieser Krise hervorgeht. Dass ich von Bonapartes Triumph ausgehe, heißt nicht, dass ich ihn mir wünsche! Aber es wird wohl geschehen ... Ob das gut oder schlecht ist, werden wir erst in Jahren sagen können.«

»Nein«, setzte der Automat Jubal entgegen und schüttelte langsam seinen Kopf. »Ihr habt Unrecht. Der Weg ist vorgeschrieben. Geschichte wiederholt sich. Die Republik liegt in Scherben und ein einzelner Mann schickt sich an, sein Imperium zu errichten. Am Ende wird er uns alle ins Verderben reißen. Ein erneutes 1812 und ein erneutes Waterloo stehen uns ins Haus.« Ruhig ging der Automat zum Fenster, um die Straße besser zu beobachten. Am Fuße des Gebäudes stand ein Pferdewagen mit Trümmern von Bauschutt beladen. Die Arbeiter hatten bereits ihren Feierabend beschlossen, um vor der Sperrstunde daheim zu sein. Keine Seele trieb sich inmitten der Schneewehen herum. Der Wind trug nicht einmal die Andeutung ferner Geräusche zwischen den Häusern hindurch. Der Staatsstreich Bonapartes hatte Paris gespannt die Luft anhalten lassen.

»Und du willst uns alle erretten?«

»Ich bin nur das Werkzeug!«

»Ja klar, dass du auf mich geschossen hast, war auch nicht deine Entscheidung.«, erwiderte Jubal spöttisch. Der Automat reagierte nur mit einem regungslosen, undeutbaren Blick. Schnell konzentrierte er sich wieder auf die Straße. Weit weg, noch einige Blocks entfernt, bogen eine Reiterkolonne und eine offene Kutsche um die Ecke. Sie würden die Ruinen passieren, in denen Jubal und der Automat sich befanden.

»Die einzige Möglichkeit«, erklärte der Automat, »besteht darin, Bonaparte zu töten. Das allein kann den Plan Gottes zurück in sein vorhergesehenes Fahrwasser lenken und dem Weltgeist seine Richtung zurückgeben.«

»Ich höre da einen kleinen Hegel. Lässt dein Meister dich tatsächlich lesen? Oder zwingt er dich, Hegel in originalgetreuem Schwäbisch vorzutragen? Das gäbe diesen kryptischen Wahrheiten eine unterhaltsame Note!«

»Nichts dergleichen, aber ich möchte die Wünsche meines Meisters gerne nachvollziehen.«

»Ich bezweifle, dass es ihm um die Pflege des Weltgeistes oder anderer Metaphysik geht ...« Der Tross mit der Kutsche näherte sich. Das Wappen Bonapartes prangte unverkennbar auf dem Gefährt. Abermals hob der Automat sein Gewehr. Jubal störte sich nicht daran, dass sein unfreiwilliger Gesprächspartner abgelenkt war und fragte: »Glaubst du wirklich, ein Attentat ist die einzige Option?«

»Mein Meister ...«

»Ach, verdammt sei dein Meister! Meister, Meister, immer nur dein Meister. Was denkst *du*?«, schrie Jubal und sprang auf, klopfte mit einem Finger sogar auf den Bronzeschädel des Automaten. Einige Tauben stoben erschreckt von den Dächern auf. Der Automat wirbelte herum.

»Ich bin ein Werkzeug meines Meisters und gehorche seinem Willen!«

»Und doch bist du kein einfacher Hammer, den er willenlos schwingen kann. Ein Werkzeug streckt nicht seine Hand aus um einen Kater zu streicheln, diskutiert ausschweifend mit einem Fremden, obwohl er ihn erschießen sollte, oder ließt Hegel.« Der Automat lag sichtlich im Zwiespalt mit sich. Er wollte wissen, was auf der Straße geschah und gleichzeitig erfahren, was Jubal zu erzählen hatte. Sprach dieser Mann aus, was er dachte, aber nicht den Mut besaß, sich einzugestehen? Doch ehe ihm ein Schluss möglich war, setzte Jubal nach: »Ich sehe deine Zweifel und sie sind berechtigt. Geschichte ist offen. Es kann immer auch anders kommen. Nur eines ist klar: Bevor die Welt sich am Ende aller Tage erneuert, wiederholt sich nichts. Doch woher sollst du das wissen? Lass dir gesagt sein: Die Welt ist keine aufziehbare Taschenuhr! Genau wie wir beide ist sie mehr als eine Ansammlung gut zusammenwirkender Zahnräder oder Zellen. Sie wird durch Taten geformt, manchmal durch logische Taten, doch oft genug durch irrationale, aus Verlangen, Liebe oder Hass getroffene Entscheidungen.«

»Was wollt Ihr sagen? Dass mein Meister Unrecht hat? Dass Bonaparte ein guter Herrscher wird?«

Die Kolonne war noch drei Häuser entfernt.

»Nein. Wach auf. Das will ich. Verstehe, dass du der Meister deiner Entscheidungen bist. Erschießt du diesen Mann, soll es dein Wille sein! Deine Verantwortung.«

Jetzt drang auch das Gerede der Wachreiter zusammen mit dem Geschnatter einer Damengesellschaft, die Bonaparte mit sich im Wagen hatte, zu ihnen herauf.

»Aber selbst wenn ich mich dagegen entscheide, wird mein Meister einfach einen weiteren Automaten fertigen, um meinen Auftrag auszuführen.«

»Glaubst du wirklich, er könnte ein Wunderwerk wie dich ein zweites Mal vollbringen? Geh, nimm dein Leben in deine eigenen Hände, lass es dir nicht stehlen.«

Bald würde Bonaparte auf ihrer Höhe ankommen. Der Automat setzte hin- und hergerissen zum Schuss an, senkte den Gewehrlauf aber wieder, um gleich darauf erneut anzulegen.

»Was soll ich tun?«, fragte er. Doch außer Dreck, Schutt und Schnee hörte ihn niemand. Jubal war verschwunden. Die Kutsche befand sich jetzt direkt unter ihm.

Zu nahe.

Um zu treffen musste er aufs Fensterbrett steigen. Mit einem Sprung wuchtete er sich hinauf. Ein Brocken Putz brach ab und schlug laut auf die Straße. Die Wachen schreckten auf und schauten zu ihm hoch.

Egal ob sie erkannten, was er war, sie sahen die Waffe in seinen Händen. Einige der Wachleute legten auf ihn an. Andere sprangen aus den Sätteln und stürmten das Gebäude. Befehle wurden gebrüllt. Frauen schrien. Bonaparte saß, die Augen weit aufgerissen, im Schock erstarrt in seiner Kutsche.

Das war der Moment der Entscheidung.

Sollte er den Usurpator töten? Oder ging es nur darum, dass ein finsterer Spieler versuchte einen persönlichen Beweis zu erbringen, dass die Geschichte sich nicht wiederholte, sondern sich im Chaos als stets einzigartig offenbarte? Musste er, der Automat, sich entscheiden, von der Welt gelenkt zu werden oder zu fliehen und seine eigene Geschichte zu schreiben? Welchen Weg konnte er gehen? Einer war, Bonaparte zu erschießen. Ein anderer, einfach zu flüchten. Er schaute zur Tür. Schon polterten die ersten Soldaten das Treppenhaus nach oben. Er hörte sie kommen. Kam es hart auf hart, würden sie ihn nicht aufhalten können. Doch wo sollte er hin? Was war der Zweck seiner Existenz, wenn nicht das Attentat auf Bonaparte. Noch immer saß der Mann in seiner Kutsche. Ein nicht zu verfehlendes Ziel.

Hilfeflehend blickte der Automat in den Himmel, wo die Sonne gerade ihren Kampf gegen das Wintergrau zu gewinnen versprach. Auf einem Schornstein gegenüber saß ein rauchgrauer Kater und wartete auf die Wahl des Automaten.

Und der Automat wählte.

Die Autoren

Marco Ansing | www.marco-ansing.de
Marco Ansing wurde 1981 geboren und promovierte über Historie Europas an der Universität der Marinestadt Kiel. Während seiner Spaziergänge am Kaiser-Wilhelm-Kanal entwickelte er seine belletristischen Werke. Mit Hilfe seines dampfgetriebenen Kalkulators sprach er Hörstücke auf den Phonografen. Zurzeit lebt Marco Ansing in Hamburg.

Denise Mildes
Denise Mildes, geboren 1981, lebt und schreibt in Eichwalde. Hauptberuflich rekrutiert sie Personal für den Berliner Arbeitsmarkt. Bisherige Veröffentlichungen in den Anthologien »Vampire Cocktail«, »Momentaufnahmen« und »Ich war besessen«.

Sabine Frambach | www.kein-weg.de
1975 gewann Borussia Mönchengladbach den UEFA – Pokal, der weiße Hai wurde uraufgeführt und Sabine Frambach kam zur Welt. Sie studierte Sozialpädagogik in Nijmegen und Erwachsenenbildung in Kaiserslautern. Derzeit lebt sie mit ihrem Mann in Mönchengladbach und pendelt zur Arbeit nach Wuppertal. Seit 2010 hat sie diverse Texte veröffentlicht.

Andrea Bienek
Andrea Bienek ist ein Herbstkind der frühen 70er. Erst malte sie Geschichten, dann schrieb sie welche. Nach Ausflügen in die Musik, Fotografie und Malerei, beschloss sie, das Schreiben zu ihrem „Handwerk" zu machen und belegte ein mehrjähriges Fernstudium. Dann folgten ein paar wenige Ausschreibungen und seither klappern täglich die Tasten.

Hendrik Lambertus | www.ah-lambertus.de

Hendrik Lambertus, geboren 1979 in Hannover, ist begeisterter Weltenbastler und überzeugter Phantast. Nach dem Studium der Skandinavistik, Indologie und älteren Germanistik in Tübingen war er einige Jahre als wissenschaftlicher Angestellter in der Altnordistik tätig. Seit 2011 betreibt er als freiberuflicher Schreibcoach die Schreibwerkstatt »Satzweberei«.

Markus Cremer | markuscremer.jimdo.com

Der aus dem Rheinland stammende Markus Cremer wurde 1972, im Jahr der Ratte, geboren. Vor seiner derzeitigen Beschäftigung als Laborleiter in der Hirnforschung betätigte er sich als Sanitäter, Erfinder und Inhaber eines Ladens für Okkultismus. Er lebt mit seiner Frau und zwei Ratten in einem alten Haus in der Nähe von Aachen.

Luzia Pfyl

Luzia Pfyl, im Sommer '86 geboren, lebt, arbeitet und schreibt in Zürich. Bücher und Geschichten begleiten sie seit frühester Kindheit, und spätestens seit sie die Schreibmaschine ihrer Mutter gemopst hat, schreibt sie auch selber. Die Genres Phantastik und Steampunk haben es ihr dabei besonders angetan.

Fabian Dombrowski | www.facebook.com/Vibulanius

Fabian Dombrowski wurde am 6. Oktober 1989 in Berlin Mitte geboren, wo er seitdem lebt. Seinen unersättlichen Wissensdurst finanzierte er als Tellerwäscher, Prospekt-Austräger, Galerist, Caterer, Illustrator, Fotograf und mittlerweile in der Graphikaufbereitung eines Modevertriebs. Hauptsächlich gilt seine Aufmerksamkeit jedoch seinem Studium der Geschichtswissenschaft und der lateinischen Philologie, die ihn ständig mit neuer Inspiration versorgen.

Weitere Bücher aus dem Art Skript Phantastik Programm

Vor meiner Ewigkeit

Alessandra Reß
Illustrator: Oliver Schuck
ISBN: 978-3-9815092-6-7
Erscheinungstermin: 2013

Ich warf mich der neuen Welt in die Arme und sie lachte mit mir,
und in meinem Unwissen merkte ich nicht, wie falsch dieses Lachen klang.

Ohne Erinnerung erwacht der Student Simon eines Nachts in einer Stadt, in der selbst die Farben ein Eigenleben zu führen scheinen. Von einem Geistermädchen erfährt er mehr: In ihm ist die Gabe des Schläfers erwacht, und seine Aufgabe ist es, die Vampire zu jagen, welche die Stadt bevölkern und das empfindliche Gleichgewicht von Licht und Dunkelheit stören. Erst, wenn er diese Aufgabe erfüllt hat, darf er in sein altes Leben zurückkehren.

Trunken von den dunkelbunten Wundern der Stadt Dew Linae, fügt sich Simon in sein Schicksal. Doch bald schon muss er erkennen, dass er mehr und mehr seine Identität verliert. An seine Stelle tritt der Schläfer, eine seelenlose Kreatur, die nur im Tod ihrer Gegner Erfüllung findet. Verzweifelt sucht Simon nach einem Weg, sein zweites Ich zu bannen – doch trauen kann er niemandem, nicht einmal sich selbst.

Dämonenbraut

Christina M. Fischer
Illustrator: Oliver Schuck
Teil 1 der Dämonen-Trilogie
ISBN-13: 978-3981509205

Vor 60 Jahren brach eine Virus-Epidemie aus. Was vorher nur ver-
einzelt auftrat, häuft sich nun: Menschen verwandeln sich in Hexen,
Vampire, Werwölfe oder Dämonenbräute, kurz: in A-Normalos. Die
Agentin Sophie Bernd ist eine von ihnen, eine Dämonenbraut, die mit
einem Tropfen ihres Blutes Dämonen aus einer anderen Dimension
rufen kann, die ihr in kritischen Situationen zum Gehorsam verpflichtet sind. Mit dieser Gabe verdient sie ihr Geld und bekämpft diejeni-
gen, die sich in der neuen Welt nicht an die Regeln halten.

Gemeinsam mit ihrem Partner, dem werdenden Vampir Julius, macht
sich Sophie auf die Jagd nach einem Psychopathen, der es auf Hexen
und Magier abgesehen hat, um seine eigene Macht zu stärken. Kaum
verwunderlich, dass sie dabei auch auf den charmanten Samuel trifft,
den mächtigsten Hexenmeister der Stadt, und sich fragen muss: Hat er
etwas mit den Morden zu tun?

Christina Fischers Debüt-Roman mischt Urban Fantasy mit Mystik,
abgerundet mit spannenden Thriller-Elementen und verfeinert mit
einer Prise Erotik und viel Humor.

Das schwarze Kollektiv

Michael Zandt
ISBN-13: 978-3981509236

Ariko ist ein Sohn der Straße. Von den Eltern verlassen, von den Behörden ins Waisenhaus gesteckt, gerät er früh in die Fänge des Militärs.

Er wird zum Soldaten erzogen und in den Krieg gegen das geheimnisvolle Volk der Hameshi geschickt. In deren riesigen Wäldern lernt er verlorene Seelen und grausame Götter, aber auch die magische Schönheit der Schöpfung kennen.

Ariko begegnet einem Mädchen. Sie ist jung, sie ist schön und sie ist eine feindliche Kriegerin. Der Waise wechselt die Fronten, doch findet er auch bei den Hameshi keinen Frieden. Er muss gegen Widersacher kämpfen und heimtückischen Dämonen widerstehen.

Ariko lernt viel im Reich der ewigen Wälder, aber wird er am Ende auch begreifen, dass der Keim alles Bösen ... in der Liebe liegt?

Wien, Stadt der Vampire
Fay Winterberg

Illustrator: Fay Winterberg
Teil 1 der New-Steampunk-Age-Reihe
ISBN-13: 978-3981509243

2090, das Jahr, in dem der Krieg ausbrach. Die verborgene Welt der Vampire offenbart sich der Menschheit und führte auch einen Großteil anderer übersinnlicher Wesen mit ans Licht der Öffentlichkeit. Erst nach Jahren des Krieges gelang es den Nachtwesen, eine Co-Existenz mit den Menschen aufzubauen.

Die Halb-Vampirin Lilith Avant-Garde arbeitet als Archäologin, spezialisiert auf übersinnliche Artefakte, und ist Verbindungsglied zwischen Menschen und Vampiren im Europa des Jahres 2207, einer Zeit, die als New-Steampunk-Age betitelt wird. Ihre Aufgabe führt die 26-Jährige nach Wien, denn die Stadt der Vampire hat nicht nur ein neues Oberhaupt, sondern auch ein Problem mit illegalen Werwolf-Fights.

Band 1 der New-Steampunk-Age-Reihe von Fay Winterberg legt die Weichen in eine fantasievoll gestaltete Zukunft, deren Frieden jedoch sehr fragil ist.

Weitere Bücher aus dem Art Skript Phantastik Programm

Masken

ISBN-13: 978-3981509298
Anthologie mit Geschichten der folgenden Autoren

Eitelkeit // Marina Clemmensen
Der dunkle Prinz // Detlef Klewer
Besessen // Luisa Meißner
Carmesí // Sabrina Železný
Dämonenmaske // Bianka Brack
Danse Macabre // Corinna Schattauer
Die Maske des Gargoyles // Stefanie Bender
Eine Harlekinade // Ellen Kaiser
Joyce // David Michel Rohlmann
Baikalsee // Kriss Ruhi
Der Tempel der Masken // Alexandra Neumeier
Verborgene Düsternis // Markus Cremer
Die Geister der vergangenen Welt // Marie H. Mittmann
Was bin ich? // Nina Sträter
Zeit des Übergangs // An Brenach
Zwischen Diesseits und Jenseits // Katarina Kojic

Masken verhüllen alles und öffnen die Tore zu einer fremden Welt. Sie sind verziert mit Perlen, Goldstaub und Spitze, überzogen mit Seide und Brokat oder aus schlichtem Holz. Doch in den Wirren der Farben und im Rascheln der Kleider tummeln sich die maskierten Wesen der Unterwelt, die ihre Opfer suchen, locken und in die Nacht entführen. Sie begegnen uns während des farbenfrohen Maskenballs in Venedig, in den Steppen der Mongolei oder bei einem alten Ritual in Afrika. Verhüllt von den Masken wandeln die Wesen der Nacht unter den Menschen und warten auf ihren Moment.

Vampire Cocktail

ISBN-13: 978-3981509250

Anthologie mit Geschichten der folgenden Autoren

Bittersüß wie Absinth // Stefanie Mühlsteph
Legenden // Denise Mildes
Unter dem Nebelmond // Michael Zandt
Fang mich, wenn du kannst // Diana Scott
Kleiner Zauber // Sabine Frambach
Auf dem Weg zum Mars trink ich nie Bloody Mary // Bianka Brack
Bloody Brain // Markus Heitkamp
Neonnacht // Alessandra Reß
Pisco Sour, Pishtaco Sour // Sabrina Železný
Blutcocktail // Stefanie Bender
Insiderwissen inklusive // Sigrid A. Urban
Garvamore, der beste Single Malt der Welt // Nina Sträter
Spielhölle // Olaf Lahayne
Miami Nights // Leonie Sielska
Der perfekte Cocktail // Jana Oltersdorff
Der Gast ist König // Sven Linnartz

Vielfältig und aufregend präsentiert sich die Welt der Cocktails, von Cosmopolitan bis Bloody Mary ist für jeden Geschmack etwas dabei. Um einige dieser Mix-Getränke ranken sich Legenden und Erzählungen, andere haben es sogar schon auf die große Leinwand geschafft. Ein Cocktail kann zu Begegnungen führen und der Beginn eines Gespräches sein. Nur was passiert, wenn der Gesprächspartner ein Vampir ist? Genießen Sie die Abwechslung.

Nominiert für den
Deutschen
Phantastik Preis
»2013«
Beste Original-Anthologie/Kurzgeschichten-Sammlung